U0065533

3個問號偵探團

4

鯊魚島

文 波里斯・菲佛
圖 阿力
譯 洪清怡

企劃緣起

現在，開始讀少兒偵探小說吧！

親子天下閱讀頻道總監／張淑瓊

閱讀也要均衡一下

爲什麼爲什麼要讀偵探小說呢？偵探小說是一種非常特別的寫作類型，臺灣這幾年奇幻文學大發燒，類似的故事滿坑滿谷；除了奇幻故事之外，童話或是寫實故事也是創作和閱讀的大宗。偵探和冒險類型的小說相對而言就小眾多了。不過，偵探小說在全世界可是佔有很大的出版比例，光是看這兩年一波波福爾摩斯熱潮，從出版、電視影集到電影，就知道偵探小說的魅力有多大了。

但在少兒閱讀的領域中，我們還是習慣讀寫實小說或奇幻文學爲主，畢竟考試當前，升學掛帥，能撥出時間讀點課外讀物就挺難得了，在閱讀題材的選擇上，通常就會以市面上出版量大的、得獎的、有名的讀物爲主。殊不知，偵探故事是少兒最適合閱讀的類型，因爲它不只是一種文學，更是兼顧閱讀和多元能力養成的超優選素材。

成長能力一次到位

偵探小說是一種綜合多元的閱讀類型。好的偵探故事結合了故事應該有的精采結構、主角們在不疑之處有疑的好奇心和合理的懷疑態度，還有持續追蹤線索過程中的耐心與熱情，解答問題過程中資料的蒐集解讀、推理判斷能力的訓練，遇到難處或危險時需要的勇氣和冒險精神、機智和靈巧，還有和同伴一起團隊合作的學習，和面對彼此性格態度不同時的衝突調解和忍耐體諒。這些全部匯集在偵探小說的閱讀中，厲害吧！

閱讀偵探故事，可以讓孩子在潛移默化中培養好奇心、觀察力、推理邏輯訓練、資料蒐集能力、團隊合作的精神、人際互動的態度……等等。這麼優質的閱讀素材，怎麼能在孩子的閱讀書單中缺席呢！這就是爲什麼我們一直希望能出版一套給少兒讀的偵探小說系列。

閱讀大國的偵探啓蒙書

去年我們在法蘭克福書展撈寶，鎖定了這套德國暢銷三百五十萬冊、全球售出多國版權的【三個問號偵探團】系列。我們發現臺灣已經有了法國的「亞森羅蘋」、英國的「福爾摩斯」，還有我們出版的瑞典的「大偵探卡萊」，現在我們找到以自律、嚴謹聞名的閱讀大國德國所出版的「三個問號偵探團」，我們希望讓臺灣的讀者們也可以和所有的德國孩子一樣享讀這套「偵探啓蒙書」。跟著三個問號偵探團一樣，隨時準備好所有行動需要的工具，體會「空氣中突然充滿了冒險味道」的滋味，像他們一樣自信的說：「解開疑問就是我們的專長」。我們希望孩子們在安全眞實的閱讀環境中，冒險、推理、偵探、解謎！

推薦文

好文本×好讀者＝享受閱讀思考的樂趣

臺灣讀寫教學研究學會理事長／陳欣希

偵探故事是我最愛的文類之一。此類書籍能帶來「閱讀懸疑情節」和「與書中偵探較勁」的樂趣，但，能否感受到這兩種樂趣會因「文本」和「讀者」而異。以認知心理學的角度來看，「令人感興趣」即表示「大腦注意到並能理解」；容易被大腦注意到的訊息有兩種：新奇和矛盾，讀者愈能主動比對正在閱讀的訊息與過往知識經驗的異同，愈能將文字敘述轉爲具體畫面並拼出完整圖像，就愈能享受閱讀思考的樂趣。但，正邁向成熟的小讀者，仍在培養這種自動化思考的能力，於是，文本的影響力就更大了。

了解前述原理，再來看看【三個問號偵探團】，就不難理解這系列書籍能讓人一口氣讀完而忽略長度的原因了。

「對話」，突顯主角們的關係與性格

文中的三位主角就像其他偵探一樣，有著「留意周遭、發現線索、勇於探查」的特質，不一樣的是，多了「合作」。之所以能合作，友誼是主要條件，但另一條件也不可少，即，各有專長。此外，更不一樣的是，這三位主角也會害怕、偶爾也會想退縮，但還是因爲友誼，外加「幽默」，讓他們即使身陷險境，仍能輕鬆以對。要如何感受到三位偵探間的深厚情誼以及各自鮮明的個性特質呢？請留意書中的「對話」！

「情節」，串連故事線引出破案思惟

情節安排常會因字數而有所受限制，或是案件的線索太明顯、眞相呼之欲出，連讀者都能很快的知道事件的原由；或是線索太隱密，讓原本就過於聰明的偵探一眼識破，而一頭霧水的讀者只能在偵探解說時才恍然大悟。這系列書籍則兼顧了兩者。書中的數個情節，看似無關，但卻有條細線串連著。只要讀者留意一些看似突兀的插曲，留意加入故事的新人物，其實不難發現這條細線，更能理解主角們解決案件的思惟。

【三個問號偵探團】這系列書籍所提到的議題，是十歲小孩所關切的。再加上文字描述能讓讀者理解主角們的性格與關係，讓讀者有跡可尋而拼湊事情的全貌。簡言之，對十歲小孩來說，此類故事即能帶來前述「閱讀懸疑情節」和「與書中偵探較勁」的雙重樂趣。對了，想與書中偵探較勁嗎？可試試下列的閱讀方法：

閱讀中

根據文類和書名以形成假設
（我知道偵探故事有哪些特色，再看到書名，我猜這本書的內容是什麼？）
←
尋找線索以形成更細緻的假設
（我注意到作者安排另一個角色或某個事件，可能與故事發展有關……）
（我注意到的線索、形成的假設，與書中偵探的發現有何異同？）
←
帶著假設繼續閱讀
←
連結線索以檢視假設
（哪些線索我比書中偵探更早注意到？哪些線索是我沒留意到？是否回頭重讀故事內容？）

推薦文

【三個問號偵探團】＝偵探動腦＋冒險刺激＋幻想創意

閱讀推廣人、《從讀到寫》作者／林怡辰

「老師，你這套書很好看喔！我在圖書館有借過！」、「我覺得這集最好看，老師這本你可以借我嗎？」自從桌上放了全套的【三個問號偵探團】，已經好幾個孩子過來「關注」：刺激、有趣、好看、一本接一本停不下來。都是他們的評語。

是的，【三個問號偵探團】就是一套放在書架上，就可輕易呼喚孩子翻開的中長篇偵探故事，每一本書都是一個驚險刺激的事件，場景從動物園、恐龍島、幽靈鐘、鯊魚島、古老帝國、外星人……光看書名，就覺得冒險刺激的旅程就要出發，隨著旅程探險，案件隨時就要登場！

故事裡三個小偵探，都是和讀者年齡相仿的孩子，十歲左右的年齡，帶著小熊軟糖、到達祕密基地，彼此相助和腦力激盪；勇氣是標準配備，細心觀察和思考是破案關鍵；好奇加上團隊合作，搭配上孩子最愛動物園綁架、恐龍蛋的復育、海盜、幽魂鬼怪神祕、幽靈船的膽戰心驚、陰謀等關鍵字。無怪乎，這套德國出版的偵探系列，一路暢銷、至今不墜，也輕易擄獲眾多國家孩子的心。

最值得一談的是，在書中三個小主角身上，當孩子閱讀他們的心裡的話、思考的模式：正面、善良、溫柔、正義；雖有掙扎，但總是一路向陽。讀著讀著，正向的成長性思維和不畏艱難的底蘊，輕鬆遷移到孩子大腦。

而且，這套偵探書籍和其他偵探系列的最大不同，除了場景都有豐富的冒險元素外，敘述和文字掌控力極佳，翻開書頁彷彿看見一幕幕畫面跳躍過眼簾，細節顏色情感，讀來感嘆萬千。不只偵探的謎底和邏輯，文學的情感和思考、情緒和投入，更是做了精采的示範！

在細緻的畫面中，從文字裡抽絲剝繭，一下子被主角逗笑、一下子就緊張的捏緊了拳頭。理解、整合、思考、歸納、分析，文字量適合剛跳進橋梁書的小讀者，當成偵探小說的第一次接觸。在享受文字帶來的冒險空氣裡、抓緊了書頁，靈魂跳進了迷幻多彩的偵探世界，大腦不禁快速運轉，在小偵探公布謎底前，捨不得翻到答案：「解開疑問就是我們的專長！」怎麼可以輸給三個問號偵探團呢！

就讓孩子一起乘著書頁，成爲三個問號偵探團的第四號成員，讓孩子靈魂一起在文字裡探索、線索中思考、找到細節解謎，享受皺眉困惑、懸疑心跳加速，最後較量著誰能提早解謎，在三個偵探團的迷人偵探世界翱翔吧！

推薦文

值得被孩子看見與肯定的偵探好書

彰化縣立田中高中國中部教師／葉奕緯

在破舊鐵道旁的壺狀水塔上，一面有著白藍紅三個問號的黑色旗幟，隨風搖曳著，而這裡就是少年偵探團：「三個問號」的祕密基地。

開頭便用破題的方式進入事件，讓讀者隨著主角的視角體驗少年的日常生活，也在他們推敲謎團並試圖解決的過程中逐漸明白：這是團長佑斯圖的「推理力」，加上鮑伯的「洞察力」以及彼得的「行動力」，三個小夥伴們齊心協力，冒險犯難的故事。

而我們未嘗不也是這樣長大的呢？與兒時玩伴建立神祕堡壘、跟朋友間笑鬧互虧、跟夥伴玩扮家家酒的角色扮演，和大家培養出甘苦與共的革命情感——我們都是佑斯圖，也是鮑伯，更是彼得。

從故事裡不難發現，邏輯推理絕不是名偵探的專利。我們只需要一些對生活的感知力，與一點探索冒險的勇氣，就能擁有解決問題的超能力。

某日漫步街頭，偶然看見攤販店家爲了攬客而掛的紅色布條，寫著這樣的宣傳標語：「感謝ＸＸ電視台、ＯＯ新聞台，都沒來採訪喔！」看似自我解嘲的另類行銷，其實也在默默宣告著：「我們沒有強大的外援背書，但我們有被人看見的自信。」

【三個問號偵探團】系列小說，也是如此。

沒有畫著被害人倒地輪廓的命案現場、百思不解的犯案過程，以及天馬行空的破案手法等各式慣見的推理元素，書裡都沒有出現；有的是十歲孩子的純眞視角、尋常物件的不凡機關、前後呼應的橋段巧思，以及良善正向的應對態度。

或許不若福爾摩斯、亞森羅蘋、名偵探柯南、金田一等在小說與動漫上的活躍知名，但本書絕對有被人看見的自信，也值得在少年偵探類受到支持與肯定。

我們都將帶著雀躍的心情翻開書頁，也終將漾著滿足的笑容闔上。

來，一起跟著佑斯圖、鮑伯與彼得，在岩灘市冒險吧！

目錄

企劃緣起　現在，開始讀小兒偵探小說吧！　張淑瓊　2

推薦序　好文本×好讀者＝享受閱讀思考的樂趣　陳欣希　5

【三個問號偵探團】＝偵探動腦＋冒險刺激＋幻想創意　林怡辰　8

值得被孩子看見與肯定的偵探好書　葉奕緯　10

人物介紹　14

1　小島看守人　16

2　鯊魚島　26

3　五花八門的奇招　33

4　意想不到的狀況　43

5　鯊魚警報　49

6　不可能，卻是事實　55

7　獵人與獵物　61

8 潛水站 66
9 岩洞門 73
10 黑暗階梯 82
11 逃向深淵 88
12 真相 95
13 北就是南，南就是北 101
14 平姆．保羅的祕密 107
15 掉入陷阱 121
16 北方恢復北方 130
17 海盜的骨氣 139
18 好戲上場 147

人物介紹

藍色問號：彼得．蕭

年齡：十歲

地址：美國岩灘市

我喜歡：游泳、田徑運動、佑斯圖和鮑伯

我不喜歡：替瑪蒂妲嬸嬸打掃、做功課

未來的志願：職業運動員、偵探、活到一百歲

紅色問號：鮑伯．安德魯斯

年齡：十歲

地址：美國岩灘市

我喜歡：聽音樂、看電影、上圖書館、喝可樂

我不喜歡：替瑪蒂妲嬸嬸打掃、蜘蛛

未來的志願：記者、偵探

白色問號：佑斯圖．尤納斯

年齡：十歲

地址：美國岩灘市

我喜歡：吃東西、看書、未解的問題和謎團、破銅爛鐵

我不喜歡：被叫小胖子、替瑪蒂妲嬸嬸打掃

未來的志願：犯罪學家

1 小島看守人

「你說真的嗎，彼得？」鮑伯・安德魯斯瞪大眼睛，驚訝的說：「你是說真正的海盜島？我們要去海盜島當守衛？」

彼得・蕭點點頭。「三個問號偵探團」正在瑪蒂妲嬸嬸家廚房門前的露臺上。瑪蒂妲是佑斯圖的嬸嬸。就在他們把瑪蒂妲嬸嬸最拿手的櫻桃蛋糕吃得精光時，彼得接到爸爸打來的電話。

「沒錯！當然，那不是真的海盜島，可是我爸正在拍的那部電影，絕對是真正的海盜電影。」彼得說。

三個問號的團長佑斯圖．尤納斯聽了也興奮的跳起來。由於彼得的爸爸是一位電影特效師，所以三個問號常常可以看到不少精采又刺激的東西。但是去看守一座海盜島，還是從未有過的經驗。

「兄弟們，說不定到最後，我們還可以客串幾個角色呢。」佑斯圖興高采烈的呼喊著。「就拿彼得來說，一定可以把骷髏演得很逼真。他瘦得像皮包骨！」

身材體型都比較壯碩的佑斯圖，這時一邊使勁的縮起肚子，用力吸氣，把兩頰往內縮，一邊踮著腳尖，搖晃著兩隻手臂，還把一隻眼睛瞇起來，裝出一副有氣無力的樣子，說：「哈囉！我是彼得．蕭，是鯊魚島的獨眼守衛。沒有人過得了我這一關，不論死人活人都一樣。」

「哈哈，得了吧，佑佑，」彼得忍不住笑了出來，「你省省力氣吧，你永遠都不可能像我這麼苗條健美啦！」

鮑伯聽了也吃吃笑著。「鯊魚島？」他接著問：「鯊魚島！我有沒有聽錯？」

彼得咕噥著說：「我爸可沒提到這件事，佑佑，你怎麼會想到鯊魚島？」

一向很喜歡演戲的佑斯圖・尤納斯，這時立刻又變回那個十歲、愛玩而且營養充足的男孩子。他聳聳肩說：「按照你剛剛的描述：很小、一目了然、離海岸不會太遠……我想，應該只有平姆・保羅的小島才符合。平姆・保羅是加州最有名的海盜之一。」

「說吧，你又是怎麼知道平姆・保羅這個人？」彼得在露臺的最高一個階梯坐了下來，揚著手臂問。

「你問我從哪裡知道？彼得，這還用說嗎，我當然是從書上看來的。」佑斯圖說話的時候，眼睛炯炯發亮。「好吧，我承認，我之前從來沒聽過這座島。但是，據說這個海盜連同他的船——『極光號』，在海岸附近的一座小島上失蹤了。你等我一下！」

佑斯圖飛快的跑向回收場的入口處。入口處的圍欄上，固定了幾張賣舊貨的桌子，上面加了防雨的頂棚。佑斯圖衝到其中一張舊貨桌前，在一堆舊娃娃和塑膠玩具車庫的零件當中翻來翻去。

這座回收場是佑斯圖的叔叔提圖斯所開設的「提圖斯・尤納斯舊貨中心」。自從佑斯圖的父母在一場意外事故中喪生後，他便搬來跟叔叔和嬸嬸一起住。現在，這個位於加州沿海小城「岩灘市」的舊貨中心，已經成為佑斯圖心目中最真實且最珍愛的家了。

「找到了！」他邊喊邊得意的從一堆舊雜誌中抽出其中一本。

「你該不會每一本都記得滾瓜爛熟吧？」鮑伯驚訝的問。

「當然不是。而且也沒有必要，因為只要是我看過的書，我都知道放在哪裡。」佑斯圖有些自豪的回答。「這就是『影像記憶』的優點。告訴你們吧，我擁有過目不忘的本事，只要讓我看過一次，就不

鯊魚島和其他幾座島嶼一樣，被視為平姆．保羅最終的藏匿地點。他是十八世紀初銷聲匿跡的海盜，相傳他把加利菲雅女王的大批寶藏藏了起來。

會忘記！」

彼得有些不耐煩的打斷佑斯圖，說：「那本雜誌裡寫了些什麼？」

對於自己的聰明才智很有自信的佑斯圖，常常會長篇大論的強調自己高人一等的思考能力，這一點總是讓彼得覺得很厭煩。

「我剛才不是說了嗎？」佑斯圖面不改色的回答。他一邊把雜誌遞給彼得，一邊重複之前的話。他似乎真的把雜誌內容一字不漏的背出來：「鯊魚島和其他幾座島嶼一樣，被視為平姆．保羅最終的藏匿地點。他是十八世紀初銷聲匿跡的海盜，相傳他把加利菲雅女王的大批寶藏藏了起來。」

彼得聽了頓時發出爆笑聲，說：「加利菲雅女王？佑佑，可惜你這次聰明反被聰明誤了。我剛說的話，你沒注意聽嗎？或許你也該去弄一對『影像耳朵』了！我爸他們拍電影的這座島沒有大到有可以藏寶藏的地方。這座島非常小！而且我們也只能在那裡過一夜，和我爸一起看守器材。由於電影工作人員晚上突然得去好萊塢的攝影棚拍攝，但是他們根本不想拖著那些東西去，所以我爸自願留下來看管一夜，條件是如果他可以邀我們三個作伴。結果，電影公司答應了。」

「可是這個加利菲雅女王是誰啊？」鮑伯很好奇。

佑斯圖聳聳肩。「我也不知道。我相信她是許多海盜尋覓已久的傳說人物，據說在她統治的王國內有一座黃金湖。」

彼得搖搖頭說：「你說的一定不是黛魚島！更何況如果島上真的有寶藏，也早就被電影工作人員踩爛了。大家都知道，他們去拍片的地方後來都寸草不生。」

鮑伯伸了一下懶腰，說：「是啊，難怪常常聽說『除非想把你的房子變成破屋，否則絕對不要租給電影公司。』反正這個叫做平姆．保羅的海盜，對我們來說也不重要。像這種傳說中的寶藏，已經有一堆人在尋找了。」他對佑斯圖咧嘴笑了笑，「比較重要的是，我們能夠和彼得的爸爸一起度過很棒的週末，可以游泳、潛水。他爸爸一定又會講一些驚險刺激的電影故事給我們聽！說不定還會秀一些電影特效給我們看！」

「我又沒有反對去鯊魚島，我只是突然想到我在雜誌上讀到的東西。」佑斯圖忍不住抗議。

彼得冷笑著說：「是啊，一本五十年前的舊雜誌！根本都是鬼扯。」他啪的一聲把雜誌合上，然後站起來，說：「好了，兄弟們，要答應我爸嗎？我們要去嗎？」

三個問號你看我、我看你，接著回收場上便傳來三人異口同聲高喊著：「要！」他們的聲音大到讓瑪蒂妲嬸嬸不禁從廚房探出頭來，瞧瞧他們在吼些什麼。

她喊道：「櫻桃蛋糕已經吃光了嗎？你們剛才是叫我再拿多一點

出來嗎？」

佑斯圖微笑望著他的嬸嬸，說：「對啊，瑪蒂妲嬸嬸！最好還能讓我們打包一個帶走。因為只要你答應，我們就可以和彼得的爸爸一起在孤島上玩兩天。」

2 鯊魚島

當三個問號抵達鯊魚島時，電影工作人員已經離開了小島。為了歡迎他們來訪，彼得的父親駕駛一艘小汽艇，載著他們沿著海岸邊兜風，還特地環繞小島一圈。

「這座島真的好小。」佑斯圖驚訝的說。他們乘著小汽艇繞了整座島一圈，卻連五分鐘都用不到。

這座小島的形狀有如一顆西洋梨。太平洋的浪潮不斷拍打著其中一側的小岩岸，那裡到處都是小貝殼。小島中央則有些凸起的小岩塊。這些岩石的右方，就是電影工作人員搭建的海盜村。

「我們要從有貝殼的這一邊上岸嗎？」鮑伯問。

彼得的父親搖搖頭。他解釋：「這一邊的海灘有點危險。不但有邊緣銳利的貝殼，岸邊的岩塊也非常滑、不好走。最近就有一個工作人員在那裡被割傷了。我們會從另一側上岸，也就是這顆梨子頂端比較狹長的部分。」

佑斯圖聽了咯咯笑，說：「我剛剛還在想，要怎麼形容這座島的形狀最好。嗯，的確很像梨子的形狀，不過，你們不覺得看起來也很像骷髏頭嗎？如果小島中央的岩塊區像鼻子的話——雖然一般來說骷髏頭是沒有鼻子的。」

「那就別說像骷髏頭啊，乾脆說這座島看起來像一顆頭不就得了？這樣的形容更貼切。」彼得說。

佑斯圖笑著回應：「我同意，不過骷髏頭和海盜故事非常搭配。」

彼得的父親駕駛汽艇繼續前進。他們離開了貝殼岩岸，接著經過一小片布滿棕櫚樹和青草的樹林，就位於岩塊區附近。

「你們看，我說的一點都沒錯，樣子就像一顆頭！」彼得喊著。

「棕櫚樹林是左眼，海盜村是右眼。」

「前面那片美麗的沙灘像嘴巴，我等一下就想把自己拋進它火燙的烈焰中。」鮑伯開玩笑的補充。

彼得的父親聽了也哈哈大笑。他們不知不覺又繞了小島一圈，到了一片幾近白色的小沙灘。

「我們到了！」彼得的父親喊。「這個村莊只是布景，用的都是非常昂貴的材料，而且裡面還放了很多拍攝電影的設備和特效工具。沒有我跟著，你們不能擅自跑進去，也不能亂摸。前面這片沙灘就是我們睡覺的地方。反正我們有睡袋，而且氣象預報說，今天天氣很不錯。」

在離陸地大約兩百公尺的地方，他讓三個問號拋出船錨，準備靠岸。然後他們登上一艘小橡皮艇，同心協力的划著槳向岸邊前進。

眼前的沙灘真是美麗極了。佑斯圖、彼得和鮑伯把背袋、潛水腳蹼、潛水蛙鏡和所有帶來的東西都留在橡皮艇內，然後一起把小艇拉上岸，免得被海浪沖走。

鮑伯興奮的說：「這種感覺，就好像自己是第一個踏上這座島的人。伯父，您知道為什麼這座島取名叫鯊魚島嗎？」

「這我倒不太清楚，」彼得的父親回答：「像這樣的小島，在以前的時代，如果島嶼的主人不想被打擾的話，就會幫島嶼取個嚇人的名字，目的是為了嚇阻那些不受歡迎的訪客。當然，也可能以前這裡真的有鯊魚出沒過，只不過現在絕對看不到鯊魚了。我們在拍片之前，就已經仔細打聽過了，這座島隸屬於加州——你們也知道，幫所有演員買保險的費用是非常高的。總之，這一帶絕對沒有鯊魚會造成危險，所以你們不必擔心。」

彼得的父親從背袋裡掏出一個全新的飛盤，然後朝向彼得丟去。

「來，孩子們，在船上坐了那麼久，現在運動一下會比較舒服！」

「耶！」佑斯圖放聲笑著。他大喊：「丟得最遠的人，可以第一個吃櫻桃蛋糕！」

鮑伯也在空中揮舞著手臂，歡呼著說：「伯父，謝謝你。謝謝你邀請我們到這座島來，這裡真的是太棒了，整座島都是我們的！」

「我也這麼覺得。」彼得的父親咧嘴笑著說：「歡迎來到鯊魚島！」

3 五花八門的奇招

儘管佑斯圖和鮑伯用盡全力丟飛盤，卻還是沒有辦法像彼得丟得那麼遠。就連蕭先生也贏不過自己的兒子。

「彼得，你真有一套！」鮑伯笑著說。連續擲飛盤一個小時之後，他雖然被打敗，但還是很快樂的在沙灘上躺下來。

「沒錯，所以第一塊瑪蒂妲嬸嬸特製的鯊魚島櫻桃蛋糕，就是你的了！」佑斯圖從背包裡拿出一個特大號蛋糕，然後以優雅的姿勢彎

腰遞給彼得。

「謝謝！只可惜我沒有海盜的佩劍，」彼得喊著，「不然我就可以把蛋糕切成四半。」

他的父親大笑說：「如果你們想要真的佩劍，海盜村那邊可多了。你們有興趣參觀一下電影布景嗎？」

三個問號立刻興高采烈的一起奔向海盜村。近看之下，只有某些地方看起來像真正的海盜村。其實這裡是用木板搭成的布景，在牆面的背後藏著許多柱子和支撐物。至於小巷道，則是用假石頭鋪成。

彼得的父親解釋：「在電影的結尾，將會有一艘海盜船出現在海上，向這個村子展開攻擊。在這場大戰鬥之後，整座島就會沉入海中……」

「整座島？」鮑比驚訝得叫出聲。「您要怎麼讓島沉入海中？」

「當然用電腦特效啊。」蕭先生笑著說。「就算是我，也沒有辦法真的讓小島沉沒！可是到目前為止，我們還沒有拍攝到戰鬥場面。」

他指著村子旁一根固定在地面的長木桅，桅杆上繫著四條長纜繩。「你們看，這是為了擊劍場景特製的木桅，這四條纜繩可以用來搖晃擺盪，像旋轉木馬一樣。你們看見那邊那堆木板了嗎？」三個問號興致勃勃的轉身望向一大疊木板。「這些木板是用來製造爆炸效果的道具，看起來就好像砲彈把每一塊木板打到開花。你們可以靠近一點看，沒有關係。」

三個好朋友立刻跑向前去。他們仔細一瞧，才看出每一塊木板上都有裂縫，裡面連接著近乎隱形的電線。

佑斯圖不禁驚歎：「想不到設計電影的爆炸場面，竟然這麼費功夫，真是神奇。」

「一切都是基於安全考量。」彼得解釋著。「絕對不能有人受傷。所以全部都是用特效製造出來的假象。也因為這樣，拍電影才會這麼花錢！」

「你們看！這是什麼啊？」鮑伯指著身旁的一面牆，那面牆的外觀看起來像是教堂，牆上還裝了兩面彩色玻璃窗，不過高度卻很低，幾乎快要接近地面。

彼得說：「這是安全玻璃窗，以前都用糖做成，現在改用特製塑料。這一定是有人必須演出從玻璃飛出來的情節。很多電影中看起來好像在高空中發生的情節，其實都是在地面拍攝的。」

「可惜我們不能親自上陣。不然，我真想從這樣的窗戶飛出去看看，那一定很刺激。」佑斯圖喊著。

就在這時候，教堂牆面的正後方突然飄出白色雲霧。一個扭曲而詭異的耳語聲傳出：「原來是這樣啊！你想破窗飛出嗎？好幾百年來，我想的跟你一模一樣。可是我就是辦不到！」

「爸爸？是你嗎？」彼得喊著。

「不是。我是鯊魚島的幽魂。歡迎來到我的小島！等等，我過來找你們！」

突然間，白色雲霧漸漸瀰漫，愈來愈濃密，最後，竟在三個問號眼前形成了一道白色的厚牆。

「你們看那裡！」鮑伯指著教堂牆上其中一面窗戶。玻璃後面突然出現一個高大而黑暗的影子，看起來似乎正在用力推擠玻璃，想要破窗而出。

玻璃發出劇烈聲響，卻沒有碎裂，反而突然向外隆起。不管那個影子如何用力推，都推不破，反而被嘎嘎作響的玻璃包裹著，彷彿變成了第二層皮膚似的。

「唉，我就是沒辦法穿過去！」這個詭異的幽魂發出嘆息。「我被

囚禁在這裡已經好幾百年了，就是逃不出這座教堂！」

接著雲霧散去，那個影子也跟著消失。教堂牆上的玻璃又回復成原本的的形狀，彷彿什麼事都沒有發生。

彼得忍不住拍手讚賞：「哇！爸！這一招有夠厲害！我還以為玻璃會破掉，可是它竟然還能縮回去，這是哪一種橡膠玻璃啊？」

一陣笑聲從教堂牆面的後方傳來，鮑伯迅速望了佑斯圖一眼。

身為三個問號團長的佑斯圖也深吸了一口氣。儘管他確定這是蕭先生製作的特效，可是他仍然覺得很詭異。

蕭先生接著微笑現身，他得意的說：「光亮得像玻璃，鏗鏘有聲也像玻璃，作用卻和橡皮一樣。怎麼樣？這個效果很獨特吧？這是我的最新特效道具。連電影工作人員都還不知道呢，你們不可以洩露喔！」

「當然，我是第一次看到這種特效。」佑斯圖佩服得心服口服。

「老實說，那是我花了不少時間做的。」蕭先生接著望向那艘在海面隨著夜浪搖晃的小艇，說：「現在，大家玩夠了吧，你們想吃烤棉花糖？還是比較想吃海釣的鮮魚？」

佑斯圖一臉正經的說：「主餐是棉花糖，餐後甜點是用海盜佩劍切的櫻桃蛋糕。」他指著角落裡堆積如山的海盜佩劍，「我們可是為了這個才來海盜村的呀。」

蕭先生笑著說：「同意！那我們就用這把劍切蛋糕。」

他走向那些佩劍，打算抽出其中一把，可是他卻突然停止動作，一臉錯愕。

「這裡怎麼這麼亂！」他彎下腰，從佩劍當中撿起一個厚厚的紅色塑膠團。「這個怎麼會在這裡？」蕭先生把這團紅色的東西小心放置到另一堆物品上頭，然後才回到三個問號身邊。

他解釋：「這團像黏土的東西，可以用來填補坑洞或缺口，譬如蓋住放炸藥的凹洞。大概是某個粗心大意的工作人員把它丟在這裡，忘了收好。等到需要用時，又讓我找大半天。好吧，我現在也該下班了！我們去吃烤棉花糖吧！」他又放聲笑了。

蕭先生接著提議：「我想，就由你們去小樹林裡撿一些乾燥的落葉和枯枝，我先在沙灘上準備生火的烤架。」

「一言為定！」三個問號高聲歡呼。

4 意想不到的狀況

三個問號從沙灘橫跨小島，直奔棕櫚樹林。那個被佑斯圖剛來小島時稱為「鼻子」的小岩塊區，就在小樹林前。

當他們跑到岩塊區時，鮑伯喊著：「這真是一座瘋狂的小島。你們看，這些岩塊幾乎排成一個圓形，而且總共有七個。假如這裡曾經有人類居住，我會猜他們可能曾用這些岩塊造廟。大自然的力量，總是讓人驚奇。」

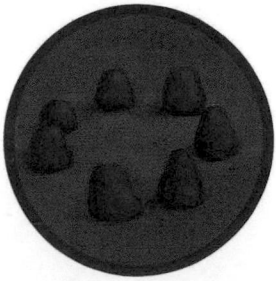

「誰說這裡以前沒有人住？」佑斯圖問。

「想也知道，在這麼小的島上，不可能有人生存。這裡說不定連飲用水都沒有。」鮑伯回答。

彼得點點頭。「不過也可能有人來過這裡祈禱或者表演舞蹈。這些排成圓圈的岩塊一定不是人造的，因為岩塊很明顯的深陷入地底。無論如何，是真的很漂亮！噢，你們看！」他指著海面上的太陽，正在兩個紅光閃耀的岩石針（註）之間，緩緩下沉。「這裡果然是一個魔幻的地方！」

三個問號驚嘆的注視著夕陽的光芒在岩石之間躍動，而且烙下了長長的影子。

「走吧，我們去問問彼得的爸爸，今晚可不可以在這裡打地鋪。」佑斯圖喊著。「這個岩塊圍成的圓圈，好像是一個房間，又好像是一座碉堡的廳堂。這種難得一見的地方，可不是我們三天兩頭就能常來的。真是太棒了！」

三個問號奔向棕櫚樹林，盡速收集了青草和一些乾枯的棕櫚葉之後，便返回沙灘。

三個問號還沒到達沙灘，彼得就從遠處大喊著：「爸！我們剛剛在岩塊圈那裡……爸？」

三個問號頓時驚訝的停下腳步。放眼望去，小沙灘上已經挖了一個洞，顯然是準備用來生火，可是四處卻不見蕭先生的人影。

「他會不會又躲起來想嚇我們？」鮑伯眨眼笑著說。

彼得搖搖頭。「不會的，你們看他連那包棉花糖都還沒有打開，我爸一向很愛烹調食物。我搞不懂為什麼會這樣！」

彼得沿著沙灘奔跑，他喊著：「爸！如果你在跟我們開玩笑，現在可以結束了。我們肚子很餓！拜託趕快出來吧，我們還有事情要跟你商量！」

「蕭伯伯！」鮑伯也跟著呼叫。「我們想提議今晚不要在沙灘上過夜。拜託您出來吧。」

然而，蕭先生並沒有現身。

「我不懂！他去哪裡了？」彼得害怕的望著四周。

佑斯圖輕捏著下脣思考，說：「他一定在某個地方，說不定他去上廁所時扭傷了腳。不如我們一起搜尋整座小島。」

三個問號把剛撿來的東西丟入那個生營火的坑洞之後，便出發尋找彼得的父親。

他們一邊走一邊大聲呼叫，每一個角落都不放過。他們穿過搭景的海盜村，又走回岩塊圈，找遍了整個棕櫚樹林，最後到另一側那片狹長又光滑的貝殼礁岩。

「他好像從地球上消失了！」彼得害怕的說。「他絕對不會跟我們玩這麼久的捉迷藏。這不像是開玩笑！」

「連一個腳印都找不到。」鮑伯露出擔心的眼神，望著佑斯圖。

佑斯圖若有所思的搖搖頭。他緩緩的開口：「那麼就只有一個合理的結論：你爸爸一定是在我們去撿生火用的材料時，跑去游泳了。我想，我們必須往水裡找。」

註 「岩石針」是和其他岩塊群分離，單獨聳立在海中、通常頂端成尖狀（或下粗上細）的岩石，德文稱為岩石針，又稱岩塔。

5 鯊魚警報

彼得絕望的跑回沙灘，嘴裡喃喃唸著：「再半個小時就天黑了！我們可以划橡皮艇到汽艇那兒，然後，其中一人划著橡皮艇搜尋岸邊，另外兩人開汽艇到比較遠的外圍找。雖然我爸是個游泳高手……」他沒有把話說完，就急忙把橡皮艇內的背袋和其他用具全扔到沙灘上。此時，一個背袋袋口鬆開了，可是彼得完全沒時間理會。

佑斯圖和鮑伯趕緊上前幫忙。當鮑伯彎下腰抓起那個裝著泳褲的

背袋時，他的目光落在海面上，突然間他整個人呆住了。

「佑斯圖！彼得！」

「怎麼了？」彼得站起身來。

鮑伯一言不發的指著海面。接著，彼得的臉色發青了。

就在他們和汽艇之間，有一個深色的三角形體露出水面，體積至少有彼得的上半身那麼大，而且快速的在水中游移。

「是一隻鯊魚！而且是巨無霸！假如我爸在水裡，那就沒救了！」彼得喘著氣說。

「冷靜！」鮑伯喊著。「大家都知道，鯊魚不吃人，人類不是牠們的獵物。」

「可是，鯊魚會把人叼進嘴裡，用上顎感覺是不是食物。如果人類亂動，就會被鯊魚尖銳的牙齒割斷動脈，失血而死。那隻到底是什麼大怪獸？我從來沒看過這麼大的魚鰭。佑斯圖，我們必須立刻想出對策！」彼得的聲音充滿恐懼。

佑斯圖的眼睛瞪著海面。他的額頭冒出冷汗，因為他最能夠體會擔憂父母的那種心境，畢竟他在幼時便失去了雙親，儘管他不曾對別人提起，但是他的內心深處卻非常痛苦。現在，他非幫助他的好友不可。可是，該怎麼做呢？

佑斯圖的眼睛掃過沙灘上的所有用具和配備。哪一樣是他現在可以利用的呢？

突然間，佑斯圖喊了出來：「彼得！你爸爸不在海裡。」

他彎下腰，從彼得剛才丟在沙灘的那堆東西裡，抓起了幾樣：那是蕭先生的游泳腳蹼、潛水蛙鏡和背袋。背袋口還露出了一件乾燥的泳褲。「這些就是證據。如果你爸爸是去游泳，就算沒有穿腳蹼、不戴蛙鏡，也絕對不可能不穿泳褲！」

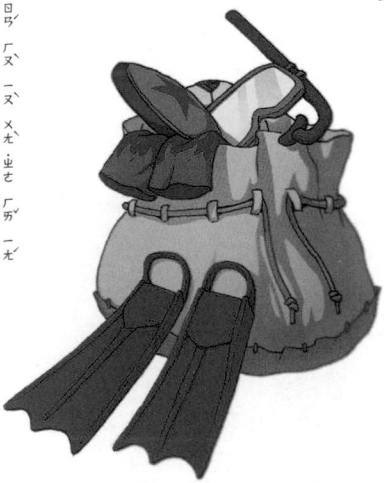

彼得愣住了，他先盯著佑斯圖看，然後又望著海洋。現在，那個三角形的鯊魚鰭已經稍微游遠了一些，正朝著汽艇的方向游去。

「可是，可是……」彼得突然結結巴巴。「我不懂，到底是怎麼回事？」

「我也不知道。」佑斯圖冷靜的說。「不過，我想，現在的狀況也無法用邏輯解釋。你爸爸失蹤了，我們卻不知道他怎麼失蹤，也不知道他去了哪裡？緊接著海面卻出現鯊魚鰭，而我們之前聽說這一帶根本沒有鯊魚出沒。這個鯊魚鰭恰巧就在我們和汽艇之間游來游去，讓我們無法搭汽艇去外面求救，因為光靠橡皮艇根本無法離開這裡。這一切就發生在這個小島上，這裡放著昂貴的電影拍攝器材，而且由你爸爸負責看管。」佑斯圖停頓下來。他的目光很犀利，臉上清清楚楚反映出偵探的敏銳直覺。

「兄弟們，我認為這個案子撲朔迷離。」佑斯圖緩緩的說。「彼得，我們的第一項任務，就是找出你爸爸失蹤的可能地點，查出他是不是被抓走了。因為他的失蹤，恐怕和出於自願的捉迷藏無關。」

「出於自願的捉迷藏？」彼得有點茫然的看著佑斯圖。每次只要佑斯圖開始用這種難懂的措辭發表言論，就表示三個問號偵探團又有案子得偵察了。彼得忍不住全身繃緊，下巴揚起，在心裡發誓，這次的任務，一定要以迅雷不及掩耳的速度破解！

6 不可能，卻是事實

鮑伯在潮溼的沙灘上畫出這座小島的草圖。三個男孩彎腰圍在一起專心注視。

「還有哪些地方沒有找過？有哪些地方可以排除可疑性？」佑斯圖問。「另外，有沒有人留意到什麼不尋常的動靜？其中有什麼可能的關連嗎？」

彼得首先答腔：「我爸一定不在小島上！他完全不見人影。我們沒有聽到他的聲音，也沒有發現任何足跡。」

「沒錯，除非他在洞穴裡。」鮑伯說。

「我們也沒有看到任何洞穴。」彼得緊接著說。「那個海盜村只是用牆板搭起來的布景，裡面除了一些箱子，什麼都沒有。那七個岩塊的周圍也是一樣。至於棕櫚樹林則太小了，根本沒有藏匿的地方。」

佑斯圖聽了點點頭，說：「這裡也沒有腳印或挖洞的痕跡。所以要藏身只有幾種可能性：汽艇，或一艘我們看不見的船，或者是……一個在水裡的洞穴。」

彼得跳起來大喊：「沒錯！我們怎麼現在才想到？如果我爸被綁架了，就有可能被拖到一艘船裡。謎底揭曉了。」他立刻就想往外衝。

「等一等！」佑斯圖伸手把彼得拉回來。「我原先也是這麼想。可是，大家別忘了下一個問題：有沒有不尋常的動靜？」

「有，那隻鯊魚。」鮑伯不假思索的回答。

「答對了！」佑斯圖捏著下脣繼續說：「鯊魚還在那裡，而且一直在汽艇前面游來游去。我覺得對於一隻鯊魚來說，這種行為很不尋常。因此我的第三個問題就是：關連性。假如在那裡游來游去的是真的鯊魚，那牠到底在做什麼？牠不獵捕食物，也不照著習性繞圈圈，也不繼續往前游動。牠的行為，或者是說牠的『任務』，彷彿是要阻止我們接近汽艇或海面。」

「佑佑！」彼得喊著，「如果從背鰭推斷，這隻動物至少有六公尺長。牠只需要出現，根本什麼都不必做，就能夠讓我們退得遠遠的。」

「況且根本沒有聽說有受過訓練的鯊魚。」鮑伯接著補充。

「當然沒有。可是假的鯊魚鰭可就多了，尤其在電影裡很常見。」佑斯圖露出犀利的眼神，望向他的好友。

「你的意思是，這可能是一隻假鯊魚？」彼得的臉色開始發白。

「我可不想過去檢查。」

「假的鯊魚模型？」鮑伯的嘴角也跟著顫抖。

「沒錯。還有一個疑點。為什麼有人在這裡綁架彼得的爸爸，卻不是為了偷走拍攝電影的器材？這些才是島上唯一有價值的物品，也才可能是竊賊產生不良企圖的原因啊。可是根據目前的狀況，看起來根本不是如此。沒有人碰那些東西，卻出現了一隻可能是假造的鯊魚，目的顯然想把我們留在島上，防止我們求救。」佑斯圖肯定的說。「而且，這個情況又丟給我們另一個問題：彼得，為什麼有人綁架你爸爸？好吧，我也不想一直賣關子，我就直接告訴你們我的推論——彼得的爸爸是電影特效專家，所以很容易推測——這個綁匪需要借用他的能力。」

鮑伯和彼得各自嚥了一口口水。好不容易彼得才開口：「你是指有人押著我爸不放，好讓我爸幫他完成他自己做不到的事嗎？」

「而且就在小島附近的某個地方。因為他還想把我們困在這裡，阻止我們去求救。」鮑伯接著補充。

「我就是這麼想的。」佑斯圖點點頭。「我相信這座島周圍有一個洞穴，入口一定在水裡，而且這個洞穴不單純。這是唯一可能合乎邏輯的推論。我們必須找出這個洞穴。」

彼得望著幾乎已經昏暗的海洋。「聽起來非常合理，佑佑。」他小聲說。「可是假如你搞錯了呢？萬一那隻鯊魚是真的怎麼辦？」

7 獵人與獵物

其他兩人還來不及反應，佑斯圖已經抓起他的泳褲，迅速換上。

彼得跳了起來。「佑佑，等一下！在我們弄清楚這隻鯊魚是真是假之前，你不許隨便跳進水裡。」

「可是我精密的思考能力，已經清楚告訴我，那不是真的鯊魚。」佑斯圖的態度堅決。「而且我們真的沒有時間了！」

但是連鮑伯也強烈反對：「彼得說得對！不論如何，這樣做太冒

險了。如果我們不能百分之百確定……」

「好吧！」佑斯圖舉起手臂，阻止他繼續說下去。「可是如果你們老是在我拿出證據之後，才肯信任我的思考能力，那我們以後做事情都得多花兩三倍的功夫。這樣實在很浪費時間。」

說時遲，那時快，佑斯圖從沙灘上抓起幾顆小石頭，往前踩了幾步到水中，以大弧度的姿勢用力扔向鯊魚。第一顆石頭未中目標，還差了好幾公尺，但是第二顆和第三顆已經相當接近那個深色的三角形。第四顆不偏不倚的擊中魚鰭中央，發出響亮的「咚」一聲。

佑斯圖露出勝利的表情，轉身說：「你們現在看到證據了吧！」

彼得和鮑伯瞠目結舌的望著海面。那個三角形，不管是鯊魚還是魚鰭，完全沒有一點反應，仍舊繼續游來游去，彷彿根本沒被石頭擊中似的。

「這叫做『鐵證如山』。」佑斯圖發出竊笑聲。

「既然你這麼有把握，為什麼不一開始就丟石頭試試看？」鮑伯好奇的問。

「我怕魚鰭可能是金屬製的，被石頭敲中所發出的聲響，一定可以傳遍整座島，尤其是在水中聽得更清楚。」佑斯圖回答。「我可不想打草驚蛇，讓敵人發現

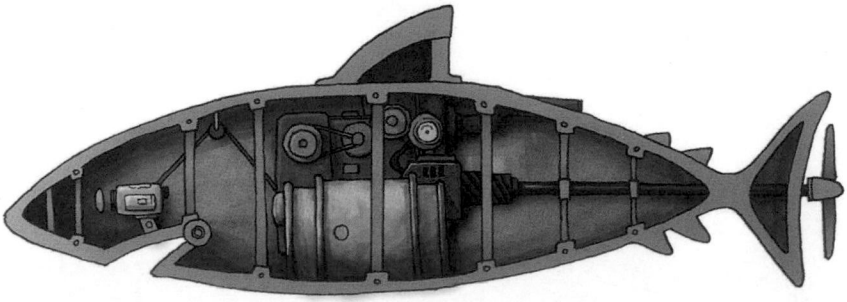

有異狀。」

「是哦，那我們現在算是僥倖逃過了一劫。」彼得有些不悅的說。

「我也這麼覺得。我們還需要幸運之神繼續眷顧我們。因為把我們耍得團團轉的這個人很狡猾。他擁有先進的科技設備，還有一個讓人看不見、彷彿隱形的藏匿地點！」佑斯圖繼續分析。

「但是我們現在也有一項優勢。」正彎下腰拿泳衣的彼得，用堅定的聲音說。

「什麼優勢？」鮑伯也跟著穿上他的泳褲，拿起潛水通氣管、潛水面鏡和腳蹼。

「這個陌生人還不知道，現在他已經從獵人變成了獵物！」彼得語帶憤怒的低聲說。

8 潛水站

三個問號有如三個影子般，無聲無息的溜進了海盜村。

彼得壓低嗓子說：「我之前在這裡看到潛水用的手電筒。我們一定用得到。」

佑斯圖點點頭說：「那我們就帶去吧。但是我們在小島周圍潛水時，先不要使用手電筒。我希望，我們的敵人在自以為很安全的情況下先開燈，這樣一來我們就可以先在水裡找到他。」

「我們也必須留意每一波洋流。只要海裡某處出現洋流湧向小島的現象，那裡就是我們必須仔細尋找的地方。」鮑伯一隻手握著一條繩索，然後把其中一端遞給彼得。「我和彼得各取一端綁住身體。佑佑，你拉住繩子中央。這樣我們就不會失散。」

三個問號跑向海邊。這時的海面風平浪靜，有如一面光滑的鏡子。彼得喊著：「我們先游到貝殼礁岩吧。」

佑斯圖點點頭。「我們必須特別小心。先說好，拉一次繩子，就表示我們有人發現了東西；拉兩次就表示：有危險！好，出發吧！」

三個問號走進水中，把潛水面鏡的內面沾溼之後戴上，接著就滑入了海裡，立刻往深處游去。

明亮的月光，使海中景物輝映出微微光澤。一如往常，在夜裡潛水時，總會遇見閃著綠光、隨著海波轉來轉去的浮游生物。三個問號輕輕擺動著腳蹼，慢慢抵達了小島的後端。水面下的小島地形，突然由這裡直陡而下，海水也變得又深又冷。

佑斯圖設法保持平靜的呼吸。他的直覺告訴他，他們搜尋的方向正確。儘管佑斯圖遇到事情時首先信任自己的邏輯判斷，但是他如偵探般傑出的直覺，更使他與眾不同。

鮑伯和彼得一定也感覺到了，因為他們兩個也像佑斯圖一樣，突然放慢速度、小心翼翼的游著。在他們眼前的水底岩岸非常陡峭深峻，在微弱的月光下，看起來像是光滑的巨大岩石。這塊岩石大約長

二十公尺，到處覆蓋著貝殼，其中還有海藻和一些珊瑚。三個問號沿

著岩石游了一次，可是不管佑斯圖再怎麼仔細瞧，就是找不到任何可能是洞口的線索。這個在水裡看起來又黑暗又冷酷的礁岩，彷彿一面石牆，連周圍也感受不到洋流經過。

繩子被拉了一下。佑斯圖仰起頭看見彼得的手指著上方，顯然彼得想返回水面上和好友們商量事情。於是三個問號浮出了水面。

「比我原本想像的還要深很多。」他們一出水面，鮑伯便小聲說。

佑斯圖點點頭，說：「是啊，小島的一邊這麼平坦，另一邊卻像懸崖般直接切入海中，真的很怪異。」

「一點也沒錯，兄弟們，這就是問題的癥結。」彼得說：「那裡的海底實在太深了，就算我們三個聯手也無法克服。所以我提議，我先單獨試試看。我們三個當中，我最會游泳。自己一個人游泳速度比較快，動作也比較靈活。而且，我帶著繩子，如果有危險，你們可以立刻把我拉上來。」

佑斯圖正想要回答，卻突然被什麼抓住了注意力，心想：剛才那是什麼？好像有什麼東西改變了他的視野。可是到底是什麼呢？他有點困惑的環顧四周，仔細注視。在他的後方，月光照射著平靜無浪的海洋，在他的前方是小島。就在這時候，怪事又發生了。

從貝殼礁岩後方閃出了一道光，短暫而明亮，彷彿有人打開電燈似的，讓佑斯圖大吃一驚。而且幾乎在同一刻，他聽見了低沉的轟隆聲，似乎是從他們的腳底深處發出，有如雷響在水底蕩漾開來，然後輕輕消失在遠方。連鮑伯和彼得也聽見了這個轟隆聲。

「那是什麼聲音？」鮑伯害怕的問。

佑斯圖拉著他的手臂，小聲說：「傳出聲音的地方太深了，沒有氧氣筒，我們根本沒有辦法潛水到那裡。不過我們根本不需要氧氣筒。兄弟們，我擔心的是，我們搜尋小島時忽略了一個『關鍵』。」

9 岩洞門

「那裡剛才有燈光閃爍！而且非常明顯！」佑斯圖指著小島中央的岩塊圈。「那裡！就在打雷之前閃了一下。」

「那裡剛才有什麼東西？」鮑伯輕輕踢著水，驚訝的望著佑斯圖。

彼得說：「可是島上沒有人啊。而且我們也沒有聽到船聲，沒有看到船影。如果真的有人靠近小島，我們早就注意到了。」

這時佑斯圖已經開始往沙灘的方向游回去。他說：「對，如果有人從島外過來，我們早就發現了。但是情況不是這樣。」

跟在他後面游的彼得說：「等等！那麼一定是有人躲在小島上。可是我們之前就已經排除了這個可能。」

佑斯圖鬱悶的咬著下脣，說：「我知道，可是依據現在的情況看來，我們搞錯了。」

三個問號往岸邊游去，不久就回到了平坦的沙岸。

「那麼這個隱藏在小島上的人會躲在哪裡呢？」鮑伯脫去潛水腳蹼。

「看起來只有一個地方有可能。另外，水底的轟隆聲似乎可以證明，地底下一定有玄機。」佑斯圖迅速擦乾身體，穿上褲子和襪子。

這時，彼得憤怒的盯著好友，說：「你到底有沒有注意過，當你發表高見的時候，你都說『我』；承認錯誤的時候，你卻說『我們』？我非常擔心我爸，我想潛水去尋找那個洞穴，而你卻要我們全部回到岸上。我覺得這是浪費時間！」

相較於彼得的激動，佑斯圖倒是心平氣和，他說：「在水底，你就只能靠你自己；在岸上，我們三個人有伴，而且這裡比較好行動。我相信，這樣可以彌補浪費掉的時間。」

接著，三個問號的團長佑斯圖不等彼得回答，便扛起溼答答的繩索，準備動身。鮑伯和彼得沉默的跟在他後面。三分鐘之後，這三個好朋友已經站在岩塊組成的小圓圈中央了。

「那道光是從下面往上照的。」佑斯圖喃喃自語著。

「這就表示，燈光可能從地底的洞穴照射出來。」鮑伯補充。「可是我們已經全部找過了，沒有可疑的洞穴呀！」

「至少想得到的地方，我們全都找過了。」佑斯圖承認。「可是想不到的地方呢？」

他走向岩塊，然後對著岩塊敲。一點也不意外的是，聲音聽起來低沉又堅實。

「我想，我們可以大膽的打開手電筒，」佑斯圖突然輕聲細語，「與其說我們會被敵方撞見，不如說比較容易被敵方聽到。」

他打開手電筒照向岩塊。「鮑伯、彼得，請仔細查看一下這些石頭。其中一個一定就是！」

「一定就是什麼呀？」彼得說。「請你說清楚一點好嗎，佑佑！」

「門！」佑斯圖喃喃的說著。「被刻意遮蔽的入口、開口，諸如此類。」

「可是這些是岩石！」彼得敲著身邊一個從地上凸出的岩塊。「這麼重，我們當中沒有人搬得動。」

「這裡！」就在這個時候，鮑伯喊著。「佑佑，你要找的東西，我想我已經找到了。這裡有一個移動的痕跡。」

佑斯圖突然激動了起來。「大家小聲點。」他發號施令。「這個痕跡證明岩石可以推動。我真應該早一點想到，這七塊岩石這麼整齊的排在一起，不可能是自然界的傑作。」

他捏著下脣，開始用力搓，邊想邊說：「可是入口的開關是什麼呢？最重要的是，開關在哪裡？」

突然，佑斯圖屏住呼吸，接著深吸一口氣，說：「兄弟們！如果我們仍舊假設，彼得的爸爸被關在地底下，是因為有人需要他提供技術方面的幫助，那也表示這個人對這裡的環境不熟。或許在電影工作團隊出現之前，已經好多年沒有人來這裡了。你們贊同我的話嗎？」

鮑伯和彼得點點頭。

佑斯圖開始微笑。「好，假如其中一個工作人員在這裡有什麼大發現，這個東西應該很顯眼。但是如果他把它隱藏起來了呢？而且用什麼方法藏？或許這個被遮掩起來的入口，可以從外面打開！」

彼得大吃一驚，說：「你是指岩石裡裝有搖桿或類似的開關，可是發現的人把這個開關藏起來？」

佑斯圖點點頭。「還記得今天傍晚你爸在那堆海盜佩劍中發現什麼嗎？」

彼得頓時嘆著氣說：「塑膠團。他說那可以用來填塞凹洞，譬如蓋住放了小炸藥包的洞。」

鮑伯因為心情激動而微微喘著氣，說：「塑膠團的顏色是紅色！和這裡的岩塊一樣紅！」

「沒錯！」佑斯圖已經伸手觸探著岩塊。「你們在岩塊上找一找，是不是有地方摸起來沒有那麼冷硬。我從下面開始找。鮑伯，你找中間。彼得，你盡量拉高身體往上找。」

三個問號開始分頭行動。五分鐘之後，彼得發出小聲的歡呼。

「佑佑，你猜得沒錯！」他興奮的喊著。「這裡果然有一處是軟的。趕快用手電筒照一下吧。」

鮑伯把燈光打在彼得的手上。彼得用力按壓岩石，然後一手伸進石頭中央，拉出一個厚厚的紅色團狀物。在團狀物後頭有一個小洞，而小洞的中央，有一個看起來像木桿的東西。

彼得帶著勝利的目光看著好友們。「芝麻開門！」他一邊輕聲說，一邊拉起木桿。不過片刻，岩石幾乎無聲響的旋轉開來。

10 黑暗階梯

「小心！」彼得一把拉住了佑斯圖，迅速跳到旁邊。

這塊岩石被移動之後，三個問號的腳邊出現了一個坑洞，黑暗的洞內有一道狹窄而破損的階梯，陡斜的直入地底深處。

「我快瘋了，」鮑伯忍不住輕聲耳語著，「這看起來就像古老的祕密通道。」

佑斯圖盯著布滿苔蘚的階梯，說：「真令人驚訝！我沒想到，這

麼小的島上竟然有這麼深的通道。原本我還以為是一個小洞而已，完全沒料到是一個通往地底的入口。」

「通往地底的入口？」彼得緊張的喘氣著說。

「這個入口是怎麼來的？」鮑伯思索著。

「我比較想問的是，這個入口通到哪裡？」彼得喃喃說著。眼前黑暗的階梯顯然讓他感到渾身不舒服。「佑佑，你真的認為下面有一個地底世界？」

「我當然不是指地獄之類的世界。」佑斯圖平靜的回答。「可是我很好奇下面藏有什麼東西。想要解開疑問，只有一個方法。」

彼得點點頭。「我知道！就算那裡充滿火焰和硫磺的臭味，只要可以找到我爸，我就必須赴湯蹈火。」

佑斯圖抬起頭，堅定的說：「如果他在下面，我們一定會找到他，幫他脫離險境。我非常確定，一定會找到！」

佑斯圖對著彼得和鮑伯點了點頭，然後說：「我帶頭走，你們準備好手電筒，但是不到最後關頭就千萬不要開燈。還好裡面非常暗，不管是誰躲在那裡，可能還沒發現我們已經找到入口。從現在開始，我們全都保持沉默。因為我們不知道聲音可以傳到多遠！」

三個問號小心翼翼的往階梯走去。這些古老的階梯又窄又滑，他們不只一次非得抵著狹窄的牆壁走，才避免失足摔落。

沒多久，鮑伯已經數了四十級階梯。他輕聲說：「感覺好像會直接通往地心。」

「可是這裡不夠熱，」佑斯圖回答：「相反的，我倒是覺得愈來愈冷。」

佑斯圖說的沒錯。這裡的牆顯然由石頭構成，一開始因為吸收了陽光而溫熱，但是現在卻突然變得又溼又軟。

彼得說：「這些牆摸起來感覺好像是活的，彷彿我們正走進水底怪獸的體內似的。」

「我覺得這些牆比較像是木頭做的，上面長滿了海藻。」佑斯圖說。

「木頭？」鮑伯停住腳步。「小島的底下怎麼會有木頭？洞穴通常是由石頭構成。」

佑斯圖伸出腳觸探著下一級階梯。然而他感覺到那不是階梯，而是硬硬的東西。他大吃一驚的把腳縮回，差一點就忍不住尖叫。

「怎麼了？」鮑伯害怕的喊著。

佑斯圖沉默不語，接著他打開手電筒。

在佑斯圖面前有一個方形的地洞。一棵大樹從洞裡長出來，樹幹就像他一樣寬壯而且磨得非常平滑，一直長到他的頭頂上方。沿著樹幹往方形地洞裡看，樹幹似乎是永無止盡的通往地底深處。

「這是什麼？」彼得喊道。

「看起來像是直接墜入地底深淵的溜滑梯。」鮑伯不安的說。

佑斯圖無助的搖搖頭，黯然的喃喃自語：

「而且這個東西看起來像是通往下面的唯一途徑。」

11 逃向深淵

「你們真的要往下溜嗎？」鮑伯有點害怕的望著好友。「我們根本不知道這個東西通到哪裡！而且我很懷疑，我們有辦法再爬上來嗎？」

「我一定做得到。」彼得說。「畢竟這關係到我爸的安全。」

佑斯圖說：「彼得，鮑伯說得對。這棵奇怪的樹太粗了，我們無法像爬杆子那樣再爬上來。」他把繩索從肩膀拿下，然後綁在樹上。

「你們幫忙我一起拉，這個結一定要打得很緊才行！」

三個問號同心協力，打了一個相當牢靠的繩結。現在他們有了一條爬繩，可以做為支撐。

佑斯圖往下看了一眼，提醒大家：「不到緊要關頭，就不要開燈。因為我們不知道，燈光可以傳到多遠！」

「好，我第一個走！」彼得的一腳已經懸在黑洞的上方，他迫不及待要行動了。

「先查看一下四周！如果你聽到聲音或者看到燈光，絕對要保持安靜。如果沒有看見任何東西，我們就自己用手電筒搜尋一下！」佑斯圖指示著。

「好！」彼得拉起繩索，順著這棵粗樹緩緩滑下。

當彼得的頭消失在黑暗中，鮑伯喊著：「有看到什麼嗎？」

「這個洞很深，還沒有見到底。」彼得的聲音從下面傳來。「可是我好像在室內，至少我的腳可以著地。這裡一點光都沒有，佑佑，用手電筒照一下！」

佑斯圖迅速打開手電筒。過沒幾秒，就聽見彼得輕聲喊著：「太不可思議了！這裡

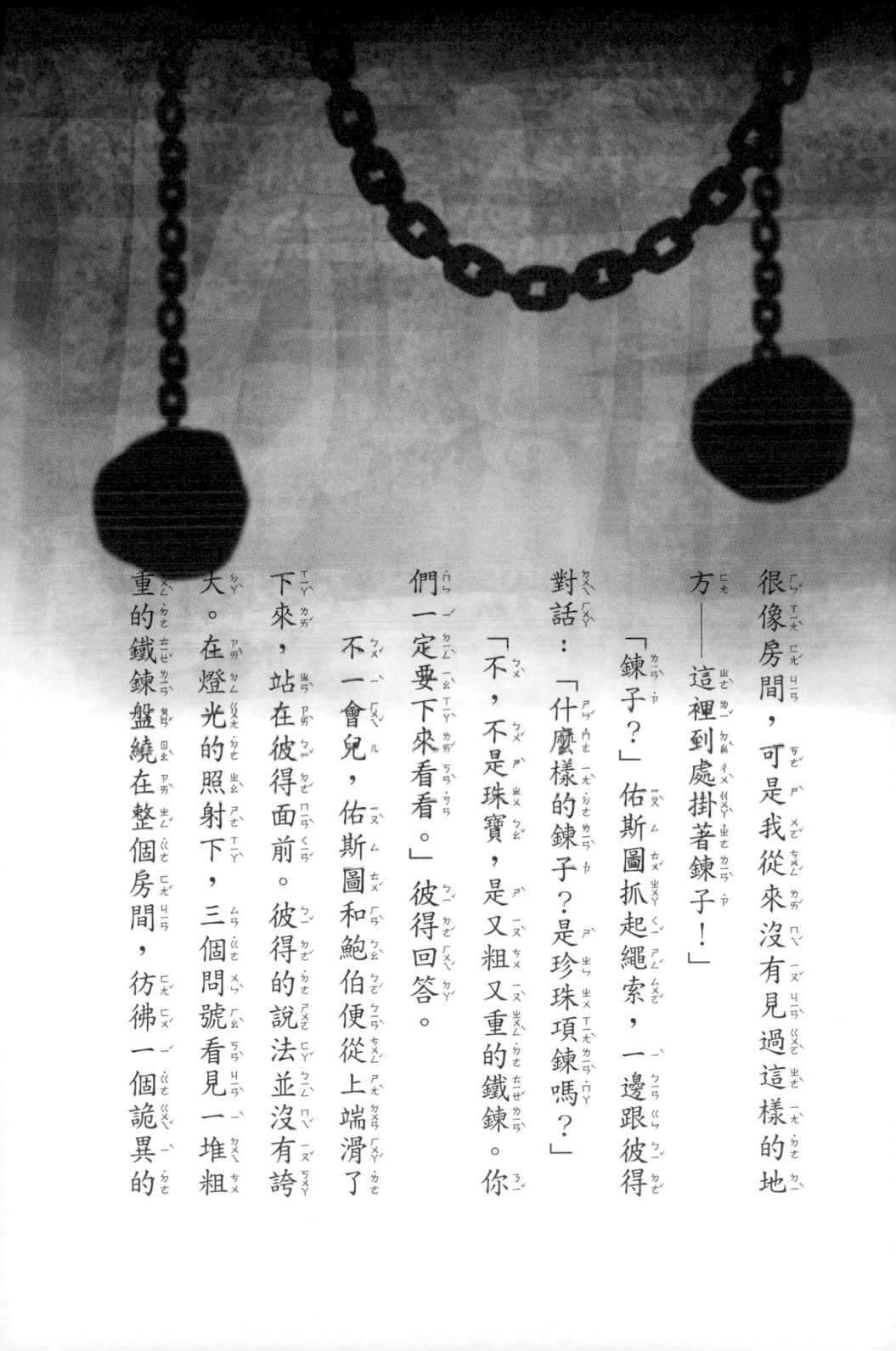

很像房間，可是我從來沒有見過這樣的地方——這裡到處掛著鍊子！」

「鍊子？」佑斯圖抓起繩索，一邊跟彼得對話：「什麼樣的鍊子？是珍珠項鍊嗎？」

「不，不是珠寶，是又粗又重的鐵鍊。你們一定要下來看看。」彼得回答。

不一會兒，佑斯圖和鮑伯便從上端滑了下來，站在彼得面前。彼得的說法並沒有誇大。在燈光的照射下，三個問號看見一堆粗重的鐵鍊盤繞在整個房間，彷彿一個詭異的迷宮。部分的鐵鍊上還固定著大石頭，有如鐘擺似的懸掛在空中。這些鐵鍊裝置在大滾輪上，一直連接到地板上的小洞內。

鮑伯低聲說：「這裡看起來好像一個超級複雜的鐘錶結構。只不過這一個是特大號的。」

佑斯圖也沉默的看著這個奇怪的機械裝置。然後他小聲的說：「我很納悶現在我們在什麼地方。一棵粗大的樹延伸到地底下，接著出現一個像機器的東西。之前還聽到水底發出奇怪的轟隆聲。這些事情到底有什麼關連？我真想知道。」

然而佑斯圖還來不及思考，三個問號的背後突然傳來一個憤怒的聲音，而且那個聲音以快速接近他們。

「你現在就告訴我這個機器怎麼操作，否則我保證你永遠別想離開這裡！」那個人生氣的大喊。

「可是我是電影特效師，不是採礦工程師。我到底還要解釋多少次？」彼得的父親回答，他聽起來很疲累。

「你什麼都不必解釋！」那個人回答。「你閉嘴，繼續做！否則我就把那三個男孩捉起來，讓他們坐著橡皮艇在海上漂流！」

三個問號嚇了一大跳。佑斯圖馬上說：「關燈！」大家便連忙關掉了手電筒。四周頓時漆黑一片，他們看見遠方有燈光閃爍，而且正直朝他們而來。

「我們必須躲起來。」鮑伯輕聲說。

佑斯圖也在同一時刻下令：「躲到下面的洞裡！這是唯一的辦法！」

12 真相

三個問號以迅雷不及掩耳的速度，不動聲色的抓起爬繩，順著大樹繼續往下滑。所幸這一次他們也只滑了一下就踩到了地面。談話聲變得更靠近了，就在他們的頭頂上方。

那個不明人士說：「蕭先生，我想知道這個機械和寶藏的關連。寶藏一定在底下某處！我發現的日記是這樣寫的。就是這個，你自己讀吧。」

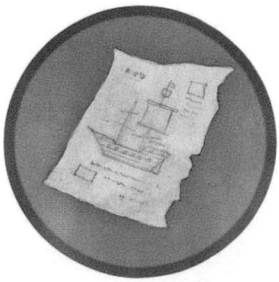

他們隱約聽見輕輕的窸窣聲。接著彼得的父親大聲朗誦著：

「金色是她的容貌！金色是她的身軀！充滿愛意的手用黃金打造了她！最美麗的女王，加利菲雅女王！然而她在沉重的鐵鍊之中安息，在北就是南、南就是北之處。在日出日落的地方。只有在加利菲雅女王擺脫鐵鍊之際，陸地將沉入海底，極光號將出海，她才能重見太陽的金色光芒，世人才能目睹她美麗的容顏！」

蕭先生輕聲笑著說：「不管這是誰寫的，他想必非常愛慕這位女王。」

「我根本不在乎他愛不愛慕女王。」那個不明人士的聲音非常不悅，他低吼著：「我只對黃金感興趣。黃金一定在這裡。因為我在下面找到日記。」

「這是誰寫的日記？」彼得的父親好奇的問。

「你管這麼多幹麼？從那本老舊的日記裡，我只撕了這幾頁。剩下的內容一點也不重要。反正沒有用，而且關你什麼事！你唯一要做的事情，就是讓這個無聊的女王擺脫那些亂七八糟的鐵鍊。剛剛就已經搖晃過一次了，為什麼你不繼續操作？」

彼得的父親嘆著氣說：「剛剛一陣天搖地動，不知道發生了什麼事，我當然要趕快停下來。倒是你為了自己的安全，甚至還打開岩洞門，準備逃出去。」

那個人嘶啞的笑著：「那當然！難道你以為我會讓自己陷入危險

嗎？」

「貪婪又懦弱！」彼得的父親喃喃自語。「好吧，我必須仔細看看這些鐵鍊。在我弄清楚真相之前，我不會碰任何東西。不然，到最後這裡的一切會全部倒塌！」

三個問號聽見腳步聲和說話聲漸漸遠離。當佑斯圖確定只剩他們三個，沒有別人時，他小聲的對著彼得和鮑伯說：「你們聽到了嗎？」他把手中的一枝原子筆又放回褲袋裡，接著說：「果然和寶藏有關。一定是海盜平姆・保羅的寶藏！」

彼得說：「他們說的話，我一個字也沒聽懂——除了設陷阱保護寶藏之外，而且這個陷阱和那些鐵鍊有關。」

鮑伯則說：「我不確定，聽起來根本不像是陷阱，反而好像必須把女王從瘋狂的世界裡解救出來似的。」

「對，在北就是南、南就是北之處！在日出日落的地方。不過這是什麼意思？」佑斯圖提出疑問。

彼得渾身發抖，喃喃的說：「我不曉得自己是不是真的想知道答案。我很難相信有這種事情。」

佑斯圖提議：「這樣吧，我們再往上爬回去。」他打開手電筒，小心翼翼的照向四周。

緊接著，他小聲驚呼：「兄弟們，你們看看那個！那裡，在天花板上！」

鮑伯和彼得一起抬頭仰望，他們也看到了。就在他們的頭頂上方的牆板上，固定著一種巨大的轉軸，比他們剛才溜下來的大柱子還要粗，同樣是木頭製成。這些轉軸還包覆著數公尺長的鐵鍊，鐵鍊的尾端消失在一個洞裡。

鮑伯驚訝的說：「這是什麼？我從來沒見過這種東西！」

佑斯圖沒有回答他。他的拇指和食指緊捏著下脣，接著開始用力搓揉。過了一會兒，他突然轉身，帶著迫切的語氣說：「鮑伯！彼得！在我們回到上面之前，我們必須繼續往下搜索。我懷疑下面可能有更重大的祕密！」

13 北就是南，南就是北

彼得不知所措的盯著佑斯圖。他說：「你還想繼續往下找？為什麼？」

佑斯圖的手指放開了下脣。「假如我的預料正確，我們可以比這個不明人士搶先一步。」

「佑佑，你有什麼計畫？難不成你也想尋找寶藏？」鮑伯若有所思的望著好友。

佑斯圖點點頭。「這是一個可能性。」

「可是等一等，佑佑！這個陌生男子顯然很危險，他還威脅我爸，說要把我們丟到大海上漂流。」彼得反駁。

「那他也得先捉到我們才行啊！」佑斯圖突然露出狡黠的微笑。「而且如果我們先找到寶藏，他就必須乖乖聽我們的話。」

彼得想了一下，才慢慢的點了頭。「好吧，我同意。佑佑，假如我們找到寶藏，我們確實就有勝算，可以讓這個傢伙恢復理智。但是你先告訴我們你的想法。我可不想繼續在黑暗中摸索。」

「我想，你馬上就會明白了。」佑斯圖抓起繩索，沿著大樹幹往下溜。彼得和鮑伯也尾隨在後。

這一次，三個問號又到了一個有天花板和地板的房間，同樣的，上下也各有一個洞讓樹幹穿過。

佑斯圖的腳才剛落地，他便打開手電筒。「如果我猜得沒錯，我們現在必須搜查天花板。」他解釋著：「你們仔細看有沒有奇怪的地方！」佑斯圖拿著手電筒，慢慢的照射著四周。燈光在深色的木頭上遊移著，接著停留在某個深咖啡色的東西上。

「那裡！」鮑伯指著上方。

佑斯圖走到他身邊。「這是什麼？」三個問號的團長用手電筒仔細的照射這個發現物。

「看起來像大砲！」彼得說。

「對，」鮑伯喊著，「可是要做什麼用呢？」

三個問號目不轉睛的望著這個東西。天花板上果然掛著一個小型的鑄鐵大砲，而且被繫在一個四輪朝上的木架裡。

「在北就是南、南就是北之處。」佑斯圖輕聲說著。「這也可以解讀成上就是下、下就是上。」

「什麼？」彼得摸著額頭，一副無法理解的樣子。

「你是指在這個房間裡，所有東西都設置在上方？」

「很明顯。」鮑伯說。「這個帶著車輪的大砲就是立在上面。」

「不是立在上面，是被綁在天花板。」佑斯圖說。「如果砲車可以立著不動，那麼這個房間就必須倒過來才對。兄弟們，我想，這可能就是謎底。」他指著中央的大樹說：「你們注意到了嗎？這根樹幹愈往下就愈細。」

鮑伯點點頭。「通常比較細的部分是在樹的頂端。」

「沒錯，這樣推論下來，我們所在的地方，應該是一個上下顛倒的世界。」佑斯圖說。

「可是為什麼？」彼得喊著。「為什麼有人這麼反常，把古老的大砲倒掛在天花板上，把爬杆倒過來立著？」

「我不認為有人刻意把這些東西反過來安裝。」佑斯圖說。「我倒覺得，我們處於一個倒立的空間。」

「那這個空間是什麼？」鮑伯一臉錯愕的問。

「就是作者在日記裡提到的『極光號』。」佑斯圖說。「極光號就是平姆・保羅的海盜船。兄弟們，我相信我們就在這艘船的船艙裡。我們剛才看見的應該是起錨機！只是它被固定在天花板，而不是在地板上。不論如何，我相信極光號是倒立著。而我們一直沿著溜下來的大柱子，極有可能不是大樹或者爬杆，而是船桅！」

14 平姆・保羅的祕密

彼得瞪大著眼睛盯著那根圓柱形的大樹。「海盜船的船桅？可是為什麼一艘船會倒立著呢？這太荒謬了！」

「我也不知道。」佑斯圖坦白的說。「或許是翻船了之後就一直保持這樣。」

「我不相信，」鮑伯說：「第一，如果是翻船，船早就瓦解了。第二，這和我們之前聽到的那首詩謎一點也不相符。寫詩的人提到女

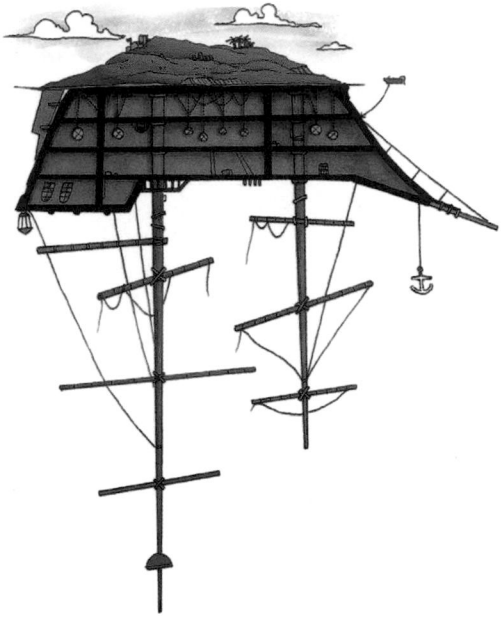

王置身鐵鍊之中，只有極光號出現，她才能重見太陽的光芒。聽起來好像是故意把女王困在鐵鍊裡似的。」

「你是指，這是一種精心策劃的藏寶方式？」佑斯圖一邊說，一邊點頭贊同，

「鮑伯，你說得對，這個推論真是太妙了。我自己早該想到。」

彼得看著兩位好友，說：「可是這一定也表示，有方法可以讓女王擺脫鐵鍊的束縛，對吧？」

佑斯圖以充滿信心的語氣，笑著說：「沒錯！如果我們假設，詩中所指的鐵鍊就是我們之前看到的鐵鍊，那就表示……」他停頓了下來，望著鮑伯。

「那就表示可以把這艘船翻轉回來。」鮑伯完整說出佑斯圖的想法。

佑斯圖的雙手交握，他的臉上露出振奮的神情。「沒錯！只有在加利菲雅女王擺脫鐵鍊之際，陸地將沉至海底，極光號將出海，她才能重見太陽的金色光芒。這首撲朔迷離的詩，一定就是這個意思。」

「你會背誦這首詩？可是你只聽過一次而已啊！」彼得困惑的搖搖頭。「雖然你總是說你自己具有影像記憶的能力，可是我從來不知道，只要是你聽過一次的細節，就能牢牢記住，朗朗上口。」

佑斯圖露出狡黠的微笑，說：「並不是這樣。我只不過在聽到這首詩謎時，在我的手背上寫下幾個重點字而已。」

他把手抬起來，鮑伯和彼得認出了一些用原子筆塗寫的字句。

彼得鬆了一口氣說：「佑佑，幸好事實是這樣！假如你也是記憶天才，我真的會受不了。」

「喂，你聽著！」佑斯圖把手放下。「我的才能和本領，豐富了你的偵探生涯，你應該感到高興才對。不過言歸正傳，回到這個案子。現在該問的問題很明確：這個加利菲雅女王是誰？為什麼她是黃金製成的？我們怎樣才能解救她？」

鮑伯興奮的望著好友們，說：「或許還有更多的筆記？那個綁匪說，他只從日記上撕了幾頁。但是如果有人計畫了這一切，就可能還有其他線索。或者在剩下的日記裡還有其他紀錄？」

「那這本日記在哪裡？」彼得無助的問。

「我想是在船長的艙房裡。」佑斯圖猜測。

「那船長的艙房又在哪裡？」彼得喊著。「在這個地方，我連哪裡是上面、哪裡是下面都不知道。」

鮑伯思考了一下，然後說：「假設這艘船真的顛倒了，那麼船長的艙房就應該在非常下面的位置。在這種古老的大帆船上，船長的房間大多是在靠近船尾而且最上層的地方。」

彼得嚥了一下口水，接著問：「也就是說，我們必須繼續往下找？」

「就算是在天涯海角，我們也要解開這個謎團。」佑斯圖喊著。

「這麼神祕莫測的案例，我們從來不曾偵辦過！」

「對啊，」彼得嘆著氣說：「但是在海底下一艘不知有多古老的破海盜船裡鑽來鑽去，我總覺得渾身不舒服。」

「彼得，如果有人刻意用這種方式泊船，那麼這艘船一定禁得起長期海水浸泡。所以很安全！」佑斯圖試著讓彼得安心。

彼得緊緊抿著嘴唇，然後說：「佑佑，我當然會參與。畢竟我要救我爸爸。我想現在也該出發了。我們在這下面停留愈久，我就愈感到不安。」

於是三個問號開始行動，沿著有如大樹的船桅繼續往底下滑。每下到另一層船艙，船桅果真愈來愈細。

倒立的船桅並不是唯一能夠證明他們推斷正確的線索。儘管他們經過的房間幾乎空空盪盪，但是有一回，他們也發現了一張被釘在天花板上的椅子。此外，所有的門檻也都在天花板上。

「我覺得自己好像在遊樂場的鬼屋內。」鮑伯說。

「如果你不說出來，我會十分感謝你。」彼得不悅的回答。

終於沒有通道可以繼續往下了，因為在最後一個房間裡，船桅固定在上方的木板，可想而知是從這裡伸到船外。一層厚厚的焦油覆蓋在船桅和木板的接縫處。

「我們現在一定是站在最上層主甲板的內側。」佑斯圖說。「你們看，船桅和木板的接縫經過非常仔細的防透性處理。」

「什麼是防透性處理？」彼得問。

佑斯圖解釋：「就是密封、防水。這整艘船一定經過這種特殊處理，所以防水密氣。」他把耳朵貼近船的牆面，然後說：「我甚至可以聽到大海的聲音。」

「太好了！」彼得拉著佑斯圖和鮑伯說：「繼續走吧！」

三個問號離開船桅，穿過房間，憑著直覺朝著他們認為是船尾的方向走。他們往上爬了好幾扇門，所幸這些倒立的門都不太高。正當他們準備爬越下一扇門時，佑斯圖突然停下來。

「怎麼了？」彼得問。

「在那裡！」佑斯圖拉長身子，用手電筒往斜上方一照，不遠處頓時反射出耀眼的光芒。

「這是什麼東西？」鮑伯好奇的上前注視，接著他卻目瞪口呆。

他們顯然找到了船長的艙房。這個房間的天花板鋪著一張光燦華麗的波斯地毯，地毯上牢牢固定著一張非常古老的書桌，桌面朝下。中間的抽屜敞開著。除此之外，這個船長艙房內就沒有任何東西了，只有地毯周圍的船板沾著像是顏料的斑點。

整個室內發出閃爍的光芒，讓人有彷彿置身水族館的錯覺，只不過這裡更燦爛、更五彩繽紛。

「兄弟們！」鮑伯不禁脫口而出：「這實在太讓人難以置信了！」

佑斯圖一言不發的點點頭，表示同意。

艙房後段的整面牆上，鑲著一面大型彩繪玻璃窗，滿室的光芒便是源自於此。在令人困惑不解的圖案之中發出金色與藍色的光輝。此外，玻璃窗內還鑲嵌著許多彩色圓點，後方海洋的波動隱約若現。

「真的很漂亮！」彼得看得出神，喃喃說著，似乎忘了自己的恐懼。「咦，這是什麼？是航海地圖嗎？還是星空圖？」

「不，兄弟們！」佑斯圖突然說：「我相信，這就是女王！」

「可是我沒有看見女王啊。只看到一個彩色窗戶。」鮑伯說。

「沒錯，因為北就是南、南就是北。」佑斯圖指著玻璃說。「你們看看下方顏色較深的部分，看起來像奇怪的尖角狀花瓶，上面有金色的球，旁邊還有像海藻般的東西飄揚著。我相信這是戴著皇冠的頭。像海藻的東西是頭髮。你們只要把這個圖案反過來看就知道了！」

鮑伯和彼得歪著頭看，接著立即恍然大悟。在這面巨大的玻璃窗上，果真可以看出一個人形，只不過這個圖像倒立著。一旦明白了這個奧祕，就很容易辨識。一個身穿寬袍、頭戴皇冠且長髮飄逸的高大女子，站在藍色玻璃繪成的海洋中央，背後彩色玻璃片組成的圖案發出閃閃動人的光澤。女王顯得如此光燦奪目，彷彿是由純金打造而成。

「加利菲雅女王，」佑斯圖神情陶醉的說：「金色是她的容貌！金

色是她的身軀！充滿愛意的手用黃金打造了她！最美麗的女王，加利菲雅女王！現在我們還必須想辦法解讀出這一切的意義。」

佑斯圖爬進了艙門，鮑伯和彼得緊跟在他後面。

突然間，鮑伯彎下身，喊了一聲：「喂，你們看，這裡真的有一本日記。」

就在敞開的抽屜正下方，一本厚重、外面以真皮裝訂的書放在地上。鮑伯拿起這本沉重的皮製日記。封皮上有著「平姆・保羅」的燙金字體。

鮑伯打開日記，仔細看著第一頁，然後開始翻閱。但是接下來的幾頁已經被撕掉了。當他見到之後出現的那一頁時，他露出失望的眼神看著好友們。

15 掉入陷阱

「怎麼了？」彼得急切的問。

佑斯圖也望著鮑伯說：「是文字看不懂嗎？古老的手寫字體，有時候真的很難理解。」

但是鮑伯搖搖頭。「第一頁寫著……」他翻回第一頁，然後朗讀著：「這本書屬於平姆・保羅，用以紀念他的女王加利菲雅，完成於公元一七二九年。」

接著他解釋：「公元『Anno domini』是拉丁文，表示『主的生年』（註）。可是在這一頁之後，就只有一些圖畫和幾個單字、數字而已。」

「什麼？」佑斯圖彎腰更靠近一些，說：「這看起來好像畫家的素描簿。」

「畫家？我以為和寶藏、黃金、鑽石有關。我愈來愈搞不懂了。」彼得喊著。

「等一下！」佑斯圖用手指著其中一個素描。「這不是和玻璃上的圖像一模一樣嗎？」

鮑伯點點頭，「沒錯，是這個高大的人形。」

「那又怎麼樣？」彼得說。「或許這個海盜船長閒來無事，就把玻璃窗上的圖案畫了下來。」

「或許吧，」佑斯圖說：「可是你看，這上面寫著『皇冠』和『兩百顆』。」

佑斯圖走近厚實的玻璃，接著用手電筒照射。然後他用一根手指按著玻璃上的皇冠，來回的搓磨。突然他轉身說：「兄弟們，假如情況正好相反，先有素描，才有這片玻璃呢？」

鮑伯吸了一口氣，說：「你的意思是……這個海盜是畫家？嗯，這說明了為什麼會有素描。」

佑斯圖點點頭，說：「對，你們仔細看一下玻璃。像黃金一般的顏色，還有琢磨過的寶石構成了波浪圖案……」

「佑佑，這個推測實在太妙了。沒錯，這個海盜是藝術家！」鮑伯驚訝的說。

「然後呢？這有什麼特別嗎？」彼得問。

佑斯圖微笑著說：「很簡單。平姆・保羅並沒有把發掘的寶藏藏起來，反而將它融合在這片玻璃的圖案裡。『兩百顆』一定代表著金塊的數量。他把這些金塊熔化之後，當作顏料使用！這也說明了為什麼從來沒有人發現他的寶藏。」

「而且也解開了這首詩的謎團。」彼得說。

就在這一刻，三個問號的背後傳出一個聲音：「一點也沒錯！」

接著有人爆發出如雷般的笑聲，說：「我一直感覺船上有不速之客，現在證明我的直覺是正確的。」

三個問號急忙轉身。

他們面前站著一個目光兇惡的年輕男子。

他大吼：「揭開這個謎底還真不容易。日記中的那些鬼畫符，我完全沒看懂。所以我只撕下有謎語的那幾頁。」

「你毀壞了珍貴的文獻！」鮑伯憤怒的說。

「那又怎麼樣？我顯然發現了更珍貴的寶藏！」男子語帶諷刺。「或者說是『你們』發現的，不過又有誰會在乎呢。你們不笨嘛。幸好我及時逮到你們。」

那名男子仔細看著這個玻璃圖像，繼續說：「現在我懂了。**金色是她的容貌！金色是她的身軀！充滿愛意的手用黃金打造了她！**這就表示，這個沉醉愛河的海盜用純金繪製了他所崇拜的女王。他是個藝術家，真令人感動呀！哼，那我們就應該讓這個詩謎的剩餘部分實現！」

佑斯圖望著這個歹徒。「你是指，**陸地將沉至海底，極光號將出**

海，她才能重見太陽的金色光芒？」

「那還用說嗎？只不過，我的臉肯定將露出更閃亮的光芒！」男子陰險的笑著。「負責完成這個工作的人，就是你們的電影特效師。我把他捉起來了。蕭先生非常友善，我就靠他幫我研究鐵鍊機械的祕密了。那確實是一具工程浩大的機械。重量與平衡配重、錨鍊和齒輪實在令人嘆為觀止。這些古時候的船員竟然已經有能力弄出這些東西，真是不可思議。但是我現在得走了！天曉得，這個海盜的構想是不是真的可以實現。你們進行這個實驗時，我先離開這艘船比較安全。只要有你們陷入危險就夠了！」男子說完，轉身準備離去。

「你是誰？」彼得喊著。

男子聳聳肩膀，似乎不在乎把答案告訴他們：「我的任務是測量這座小島，之後在工作室製作電腦動畫。沒想到我的鯊魚攝影儀器發現了這艘船。想不到吧？原本以為測量的目標是小島，結果卻突然變成一艘底部朝天的沉船。」

「然後就在這個危險時刻，大壞蛋還準備離開這艘沉船！」彼得突然憤怒的說。

這個男子看著他，說：「小子，別以為你可以激怒我。你們就給我留在這裡幫忙蕭先生啟動機器。反正他會照顧你們。這段時間內，我就待在你們的汽艇裡。為了避免你們打歪主意，我從蕭先生的特效道具裡拿了一些可以遙控的炸藥，而且已經安裝在這艘船內。你們不要費盡心思去找炸藥。如果你們設法逃走或者敢搗亂我的計畫，我馬上就把這艘船炸得開花——別忘了，你們可沒有救生艇。如果你們乖乖聽我的話，稍後你們就可以在小島上等電影工作團隊回來。」

這個年輕男子帶著警告的眼神看著三個問號，然後爬出艙門。

他們聽見他又大喊：「蕭先生已經在等你們了。」接著他的腳步聲漸漸消失。

註　公元，又稱西元。這裡的「主」指的是耶穌基督，國際上以耶穌基督誕生年為起算的年份，在耶穌出生之前稱「公元前」，耶穌出生後稱「公元後」。

16 北方恢復北方

這個歹徒才剛走，三個問號便聽見彼得的父親喊著：「孩子們，我在這邊。傑克・沃爾夫把我綁在這裡。你們必須幫我解開繩子。」

三個問號盡速爬出了船長的艙房。蕭先生被歹徒用大粗繩綁在一根船桅上。所幸三個問號能夠迅速的鬆開繩索。

「這個傑克・沃爾夫是什麼人？」佑斯圖問。

「一個年輕的電腦專家。」彼得的父親解釋：「為了讓小島爆炸的電影畫面達到逼真的效果，必須先仔細測量小島。我們在進行水底攝影時，老是喜歡用鯊魚攝影器來開玩笑。所以他也用了這個儀器進行測量。我只是不懂他到底在找什麼？」

於是三個問號向他解釋他們在船艙裡的發現。

「可是那些鐵鍊的作用是什麼呢？」鮑伯接著問。

佑斯圖望著蕭先生說：「如果我猜得沒錯，那些鐵鍊會不會是一種機械，可以把這艘船再翻轉過來？」

蕭先生點點頭。「很好，佑斯圖。確實如此。你果真是天資聰穎。」

「我們可以利用這個機械逃出這裡嗎？」鮑伯問。

蕭先生搖搖頭說：「我不知道怎麼逃出這裡。」

「可是我們必須離開這裡，阻止這個壞蛋搶奪女王。」彼得喊著。

「首先我們必須讓機械運轉，」鮑伯說：「否則這個叫傑克的壞蛋會把船炸掉。」

蕭先生安撫他：「放心，雖然他能夠炸出洞來，可是只要我們離炸藥夠遠，就不會有事。在最糟的情況下，我們必須利用杆子做出一個木筏。」

「可是炸藥會殃及這個藝術品。如果失去了這個藝術品，是一種恥辱。」鮑伯很擔心。

蕭先生點點頭說：「我了解。我們現在必須往上爬一小段，然後在那裡讓四個擺錘同時左右晃動。這個方法可以啟動機械。最後這艘船將會翻一個跟斗，回復正立。這個海盜真是神機妙算，他的創意足以媲美義大利畫家李奧納多・達文西！」

「我們還注意到這整艘船具有一流的防水密氣功能。」佑斯圖說。「沒有一滴水滲透進來。這個平姆・保羅不愧是專家！」

就在這一刻，他們上方傳來汽艇的引擎聲。隨即傳來傑克的聲音：「你們在下面動作快一點！我給你們五分鐘。如果船沒有翻正，我就引爆蕭先生的炸藥！」他嘶啞的大笑著。

彼得擔心的望著好友們，說：「來，我們開始行動吧！」

佑斯圖微笑著說：「我迫不及待想知道等一下翻船的感覺。等我們啟動了機械，我就告訴你們我想怎麼處置這個壞蛋。彼得，我認為讓你爸爸的一些特效道具好好發揮功能，的確是一件好事！」

三個問號和蕭先生沿著船桅往上爬。在倒數第二層甲板上，蕭先生要三個問號每人負責一條尾端掛著大岩塊的鐵鍊。「數到三，你們就推動擺錘。全部的擺錘必須同時盪向側邊的牆面。」蕭先生自己則把手放在第四個岩塊上。接著他吸了一口氣。

「一、二、三……」

三個問號使盡全力推著自己面前的岩塊。蕭先生也一樣。慢慢的，這些沉重的岩塊開始移動。

「用力！」蕭先生大喊，三個問號也使出所有力氣用力推。

接著蕭先生大喊：「現在退後！你們看到腳下的鐵環嗎？這一定是平姆・保羅船長特地安裝的。只要這艘船開始轉動，你們就要牢牢抓緊鐵環。等到船身翻轉之後，你們會懸掛在天花板，不會受傷！」

這三個好朋友望著彼此。他們沉默的喘著氣，緊張氣氛逐漸蔓延開來，只有沉重的岩塊靜靜的來回搖晃。

接著極光號突然發出輕微的嘆息，聽起來彷彿是一個古老生物在長久沉寂之後的第一次呼吸。那些笨重的石塊搖晃得愈來愈快，接著傳出一個尾音很長的刺耳怪聲，緊跟著是沉重的嘎吱聲，隨後船身開始旋轉。地面緩緩的向一側抬高，接著又以同樣緩慢的速度落下，然後再向另一側抬高。

鮑伯拉著鐵環，緊張的大口吸氣，說：「現在我知道『浪船』這個詞從哪裡來了！」

佑斯圖一言不發的點頭同意，他也同樣拉緊了鐵環。彼得和他的父親則蹲在地面緊抱著鐵環。這時船又開始搖擺，再次發出深沉且嘎吱作響的刺耳聲。緊接著又是一陣轟隆聲。

「發生什麼事了？」鮑伯叫著。

佑斯圖說：「一定是變成小島那部分的船底剛剛脫離了。而且沿岸聚生的貝殼也都脫落了。兄弟們，這真是不可思議！我們見證了有史以來首次徒手操作、把船身翻正的工作！」

彼得痛苦的翻了一下白眼。但是佑斯圖說得一點也沒錯：下一刻極光號便往上揚起，然後以一個大動作翻轉過來。握著鐵環的三個問號頓時在空中旋轉。一會兒之後，原本位於地面的鐵環，變成在頭頂的船板上，而三個問號雙腳向下的掛著。蕭先生也不例外。

佑斯圖望著四周。「這艘船似乎平安的翻正了。」他喊著。

重見天日的極光號果然平靜的浮在海面上。這些沉重的岩塊已經停止擺動，落在地板上。佑斯圖第一個放開了鐵環，並且安全著地。他指著上方說：「我們必須趕快到甲板上，免得那個壞蛋闖出大禍。」

彼得的父親點點頭。接著他望著佑斯圖說：「你真的想到辦法了嗎？」

三個問號的團長微笑著。「伯父，其實這是您想出來的辦法。只要您允許，我將向您說明。因為現在北方已經恢復北方，南方已經恢復南方了，我們不能讓這個叫做傑克・沃爾夫的壞蛋毫髮無傷的離開。唯一的麻煩是，他仍然可以引爆炸藥。所以我們無論如何一定要阻止他！」

17 海盜的骨氣

不久，三個問號便來到了極光號的甲板上，他們眼前出現了令人非常震撼的景象：在這艘古老的帆船甲板上，到處覆蓋著一層又一層的貝殼，原本在其間穿梭的海水，正緩緩流向大海，凸出的船桅也只剩下短短一截。但是除此之外，這艘船仍舊保存良好。現在也可以清楚的看出，整艘船的外牆塗了一層很厚的焦油，使木頭歷久不壞。

可是，瀠魚島只剩下原先的一半了。原本是極光號船身的整座礁岩，就在船身翻正之後全部消失了，只剩下那一小片棕櫚樹林、狹小的沙地，和布景搭成的海盜村。至於那七個圍成圓圈的岩塊也已經沉入海中。

鮑伯說：「那些岩塊想必是機械的一部分。」

然而，他的好友們還來不及回答，海上的汽艇就已經急馳而來。

傑克・沃爾夫站在方向盤旁。在明亮的日光下，三個問號看出這個男子的年紀真的很輕。他有一頭金色短髮，臉上帶著狡猾的笑容。

「哇，你們竟然還活著。」他駕著汽艇一邊繞著極光號，一邊尖聲大叫著。最後在船尾急轉了一個彎，停下來。

他喊著：「太神奇了！這個窗戶真是不得了。純金！閃閃發亮！

你們這些聰明的傢伙知道嗎？這些彩色寶石看起來就像鑽石！這個東西一定價值數百萬。好，你們現在就把它拆下來給我。你們也可以把它打碎。我只要黃金和寶石就夠了。這個無聊的女王像，一點價值都沒有。」

「這個無聊的女王叫做加利菲雅女王，」佑斯圖從甲板上喊著，「順便告訴你，加利福尼亞州就是以她命名的。另外，傑克·沃爾夫，我不認為這個獨一無二的象徵物應該落在你的手裡。」

「廢話少說！你給我閉嘴，照我的話做。難道你忘了，我已經裝了一些可愛的炸藥嗎？就在你的屁股下面。」

佑斯圖鎮定的說：「當然沒忘記，根本沒忘。」

突然間，他舉起一隻手，他的手裡握著一捆看起來像電線尾端的東西。接著他又舉起另一隻手，手裡也握著另一捆相似的東西。

佑斯圖說：「傑克，你知道嗎？我們已經剪斷了炸藥的連接線，而且重新接合。你一定可以想像得到，如果我現在把這兩個電線尾端裝在一起，會發生什麼後果？」

「什麼？你們怎麼做到的？」金髮男子驚愕的瞪著佑斯圖。

「一點也不難，」彼得的父親大喊著：「你的電線裝配得太糟了，所以很容易就搞定了。」

接著，他低頭小聲對彼得和鮑伯說：「但願他不會發覺佑斯圖手上的電線只是鞋帶而已。」

不過這一招似乎發揮了效用。這個壞蛋大吼著說：「可是你們沒有電。只有我的遙控器才有電力！」

「怎麼會沒有？」彼得喊著。接著他把手電筒舉向空中。「我們有三支裝了新電池的手電筒。這就已經夠用了。況且其中兩支已經接上電線了！」

傑克・沃爾夫聽了頓時臉色發白。

佑斯圖說：「對了，傑克，蕭先生很好心，還特地幫你把幾個爆炸裝置直接設在玻璃窗上，這樣一來玻璃就會往外爆碎。俗話說『碎碎（歲歲）』平安，等一下你必須潛水到海底最深處，才能把碎片撈回來。」

傑克突然咆哮著：「你們才不敢這麼做！你們很愛這個庸俗的藝術品，不會毀掉它。你們根本沒這個膽！」

「噢，我們當然敢，炸掉它總比送給一個貪財的混蛋好多了。」鮑伯諷刺的說。

佑斯圖輕聲對大家說：「很好，他馬上會暴跳如雷！接下來是執行這計畫的第二部分。彼得，你必須再一次打擊他的要害，讓他真的動手捉你。你必須把他弄得團團轉，絕對不能讓他想起他的遙控器。我和鮑伯負責那面特效玻璃。記住，只有等到我們拿到遙控器之後，加利菲雅女王才算脫離危險！伯父，您願意幫忙拆除炸藥裝置嗎？」

「我估計，大概需要十分鐘。」彼得的父親喃喃的說。

佑斯圖看了彼得一眼。「好，現在開始行動！」

彼得點點頭，立刻上前對著傑克．沃爾夫大喊：「唉，傑克，看起來你的心血全部白費了。現在你不但得不到寶藏，還會丟了電影拍攝的工作。真是倒楣啊！貪心加上愚蠢的下場就是如此。」

這下子，金髮傑克再也忍不住怒火。他狂吼一聲，一鼓作氣的把汽艇變速桿往前推，汽艇頓時激起泡沫般的浪花、氣勢洶洶的朝著極光號衝過去。「好，你們這些小子，別以為你們可以整到我！」

「唉，傑克，」極光號上的彼得一邊喊著，一邊爬上船側板，「你不只是一個貪財的失敗者，還是一個懦夫。你一定沒膽量跟我一對一決鬥！但是我，彼得．蕭，現在就向你這個膽小鬼提出單挑對決的挑戰。」說完，彼得嚥了一下口水，喃喃自語著：「噢，天啊，希望這樣不會太過火。」

「不會，這樣恰恰好。」佑斯圖說。他也爬上船側板，停在彼得身旁。他俯瞰著小島，他們下方是一片柔軟的沙地。鮑伯則最後一個爬到他的好友們身邊。

彼得用嘲笑的語氣對傑克說：「你根本沒有骨氣，傑克。每一個正牌海盜，都比你這隻軟腳蝦有骨氣一千倍！」

接著三個問號跳上小島的岸邊。

傑克則跟在他們的身後狂追。「我要你們付出代價！」他火冒三丈的咆哮著。

18 好戲上場

汽艇發出低沉的撞擊聲後，停靠在岸邊。三個問號同時開跑。

傑克・沃爾夫也許是個懦夫，但他跑得倒很快。他連跨好幾個大步朝向三個問號緊追而來。

鮑伯喘著氣說：「他快追上來了。」

三個問號的團長佑斯圖沉默不語，咬緊牙關的繼續跑著。他的計畫能否成功，完全在於他們能否比傑克搶先一步到達陷阱。佑斯圖往前看。還有五十公尺……

傑克的呼吸聲，離他們愈來愈近。他喊著：「等著瞧，你們這些小子，我馬上就給你們好看！」

就在緊要關頭，三個問號終於趕到了裝著兩面窗戶的教堂假牆前。鮑伯和佑斯圖奔向那面安全玻璃。

「彼得！就是現在！」佑斯圖喘著氣說。於是彼得往左邊跨了一步，朝著那兩面窗戶衝去。

傑克在他們身後怒吼著：「你們別以為這樣就能阻止我。我很清楚，這只是糖玻璃而已！」他的雙手伸向彼得，「而且我現在就先捉你！」

這時候佑斯圖和鮑伯縱身一躍，有如兩顆砲彈似的奔向第一面窗戶，接著衝破了玻璃。

「太瘋狂了！」佑斯圖狂喊著，彷彿自己從真正的玻璃窗飛破而出，而且毫髮無傷。這個窗戶轟然作響，碎片飛濺，有如彩色的糖果雨灑落在佑斯圖和鮑伯身上，但是一點也不刺痛，感覺起來鈍鈍的，不危險。

現在輪到彼得上場。他大喊：「傑克！你只會吹牛！」他距離第二面玻璃不到兩公尺。突然間，彼得感覺身後傑克的手正要抓住他。

就是現在！於是彼得以迅雷不及掩耳的速度改變奔跑方向，接著又突然放慢腳步，讓傑克自己繼續直奔第二扇窗戶。

傑克・沃爾夫瞪大了眼睛。可是太遲了。他止不住腳步的衝向教堂的第二扇窗。窗戶上的玻璃不是安全玻璃，而是由高彈性橡膠製成，所以不但沒有碎裂成片，反而發出摩擦聲，有如一層薄皮似的黏在這個壞蛋身上，把他給裹住了。

「這是什麼東西？」傑克咒罵著。

「他困在橡膠裡了！」佑

斯圖喘著氣說。他漸漸恢復了體力，回頭往橡膠玻璃奔去。他和鮑伯合力把傑克捲起來，用盡全力緊抱不放。

這時的傑克看起來就像一根灌好內餡的香腸。接著彼得從他們背後走出來，拿下褲子上的腰帶，輕巧的把他捆緊在橡膠布裡。這個壞蛋在「橡膠香腸」裡一邊掙扎一邊尖叫。

「他的遙控器還在口袋裡。」佑斯圖小聲說。「伯父還沒有拆除炸藥之前，我們不能讓這壞人閒著。開始吧，兄弟們！別讓他沒事做，否則極光號會沉到海底！」

傑克・沃爾夫在橡膠皮內踢來踢去。他大叫著：「放我出來！我要報復你們！」

三個問號竭盡所能的緊緊壓住這個壞蛋。佑斯圖說：「走吧，我們去海盜村擊劍場景的特製木桅那邊。我們把他綁在那裡，然後讓他親自演出個人專屬的海盜電影！」接著他們三人合力把傑克拖到繫著四條纜繩的木桅旁。

就在這時候，蕭先生走了過來。他興奮的揮著手。他的手上拿著一些灰色的團塊。他對著三個問號低聲說：「我已經找到全部的炸藥。極光號現在安全了！」

佑斯圖、彼得和鮑伯欣喜的看著彼此。

「兄弟們，那麼現在就是好戲上演的時刻了！」佑斯圖一邊輕聲說，一邊對著他們腳前的「橡膠香腸」點頭示意。

幾分鐘之後，傑克．沃爾夫的雙腳被綁在一根粗纜繩上，然後倒掛在空中，像極了一個蝴蝶蛹。

他大叫著：「放我出來！放開我！我要告你們每一個人！」

「這裡為什麼鬧哄哄的？」突然間，一個怪異而扭曲的聲音出現在他耳邊。

傑克沉默下來。「是誰？」他困惑的喊著。「誰在說話？」

有一隻手把覆蓋在他頭部的橡膠皮切開來，其餘原本緊貼的橡膠皮因為空氣進入也稍微鬆開了。然而傑克的鼻子才剛露出來，他就立刻後悔，想要把它縮回去——他的周圍瀰漫著濃霧，在這詭異的雲霧中央，站著一個陰沉沉的形體，又矮又寬，而且狂野蓬亂的頭髮看起來和聞起來都像一捆海藻。那個形體披著一個有骷髏頭圖案的旗幟，它的聲音聽起來又老又粗又啞。

「你在這裡有什麼企圖，旱鴨子？」那個形體問。

傑克吞了吞口水。接著他突然大聲咆哮：「別以為我會上你們的當。這一切都只是把戲而已。無聊的騙術！」

「無聊的騙術？你想搶奪我的女王，下場就是丟到海裡餵鯊魚！」那個形體用非常不悅的口氣說。

「哈！這裡根本沒有鯊魚！」傑克喊著：「況且尋寶是被允許的！我要把你帶去警察局。這是剝奪人身自由的觸法行為。」

那個形體說：「夠了，夠了，你想要我的寶藏嗎？好，我們想要送給你的寶藏就是：銳利的佩刀！因為極光號是我的財產！而我的心願就是我的法律。風是我的上帝，自由是我的王國，大海是我唯一的祖國。傑克，我真替你感到汗顏，假如你像個男子漢一樣奮戰，現在就不會像一條狗似的掛在這裡！」

就在同一刻，吊著傑克的纜繩開始移動，接著有如旋轉木馬一般愈轉愈快，把傑克拋甩在空中。那個形體拔出一把佩刀，抵在傑克的鼻子下方。緊接著又抽出兩把海盜佩劍。「發誓痛改前非吧，否則我就把你丟到海裡餵魚，送你上西天！」這個古怪的形體喊著。

傑克絕望的掙扎著。他喘著氣說：「立刻放我下來！」接著他把眼睛瞇成一條線，露出憤怒的表情。「放我下來，否則我就讓你後悔莫及！」

傑克說完突然從口袋裡掏出遙控器。「你看看我手上的東西。說不定還能引爆。說不定你們根本沒有找到全部的炸藥？怎麼樣，我們就來試試看吧，你們這些小子！」他幸災樂禍的奸笑著。

「小子？」這個披著骷髏頭旗幟的形體用低沉的聲音說：「你這個傢伙好大膽子，竟敢這樣跟我說話！你真的以為，憑你手上的木炭就可以嚇得了我嗎？」

「這不是木炭！」傑克大吼著。「這是引爆炸藥的遙控器。你明明就知道！」

「遙控器，哈，這是什麼爛名稱！」這個形體喊著。「掌握控制權的一直是我。你乾脆吃掉你的木炭，讓你自己快樂一點！」

「夠了！」仍然在空中旋轉的傑克，把他的遙控器抓得更緊，然後壓下了一個按鈕。周圍頓時轟隆作響，讓他幾乎聽不見，也看不到。

「救命啊！」這個金髮傑克大吼著。整個海盜村已經傾垮，一團濃密的煙霧正朝著傑克直撲而來。

「噢噢！」那個看起來像海盜的形體大聲喊著。「就這麼一點迷你小炸彈嗎？憑這個，你就想讓平姆・保羅害怕？你還在包尿布的時候，我就已經玩過大火砲了！這樣一個小人物竟然還敢偷我的女王。想都別想！」這時候，從骷髏頭黑袍的下面滾出了一顆冒煙的鑄鐵大砲，看起來很危險。

傑克舉起雙手抵禦著。「不要，不要，我根本無意把事情鬧這麼大！不管你是誰，原諒我吧！我是個笨蛋，我……」

「太遲了，你這個旱鴨子！」這個海盜形體拉起一條繩子猛然一扯，接著大砲內射出一個紅色的大旗子，旗子上面用鮮黃色的字體寫著「砰」。傑克・沃爾夫驚嚇過度，目瞪口呆的吸了一口氣之後就昏厥了。

從傑克後方的海面上頓時傳來熱烈的鼓掌聲。「太棒了，空前絕後！這場秀實在太精采了！」在漸漸消散的人工雲霧之中，出現了一艘大汽艇，上面是正在拍手喝采的電影工作人員。

導演喊著：「蕭先生，這場歡迎秀實在太棒了！這艘不可思議的帆船是從哪裡來的？小島發生了什麼事？沉沒了嗎？您是怎麼辦到的？原本只是要您看守器材，您卻幫我們找到了一艘海盜船。我們當然要好好利用它來拍電影。剛才的歡迎秀真的很震撼！」

彼得的父親從其中一個布景後方走出來。他剛剛一直躲藏在這裡操作雲霧製造機。

「您好，麥肯先生。」他揮手向導演打招呼，然後指著海盜形體說：「這整個劇情並不是我的構想，而是這三個孩子的傑作！」

麥肯導演轉身看著海盜形體。佑斯圖、彼得和鮑伯把骷髏頭旗幟卸下，挺直了身體。他們三個互看了一會兒，接著鮑伯和彼得向佑斯圖點頭示意。

佑斯圖大聲說：「麥肯先生，遺憾的是，您不能在這艘名叫極光號的帆船上拍電影，因為它是純正的古董。而且船上還有一個藝術家海盜的傑作。他叫平姆・保羅。所以極光號應該歸博物館所有，不屬於電影工作人員。這整艘船是考古學界的驚人發現。」

導演驚訝得下巴都快掉下來了。「這是真正的海盜船？」

鮑伯回答：「是的，而且我們必須提醒您，如果您損壞這艘船，警察一定會找您麻煩的，就像剛才平姆・保羅處罰傑克・沃爾夫一樣。」

「像這種古老的寶藏，絕對不可以被破壞。」彼得補充著。

蕭先生點點頭，說：「麥肯先生，這三個孩子說得有道理。在過去幾個小時裡，鯊魚島上發生了一些事情。可是我們現在不能只顧慮電影的拍攝工作，這個獨一無二的寶藏必須安全的遞交給博物館。」

「我們也已經用無線電通知海岸巡防隊了。」佑斯圖說。

就在這個時候，金髮傑克醒了過來。他呻吟著說：「你們千萬要小心平姆・保羅。他是最可怕的敵人。還有，不要碰他的女王！」他轉了轉眼珠，接著又閉上，再次陷入昏厥。

麥肯導演轉向他的工作團隊，說：「大家聽好，我們把這裡所發生的一切錄下來。這將是非常壯觀的紀錄片。但是誰都不准觸摸任何東西，清楚了嗎？」

「遵命！」電影工作人員回答的聲音很響亮。

三個問號望著彼此。接著佑斯圖說：「這艘船是靈魂，船舵是心臟，而港口是真相！」

鮑伯和彼得對著他露出微笑。他們還欣喜的唱著：「呦呵呵，一瓶滿滿的萊姆酒！」

之後三個問號將海盜佩劍互相交疊，一起舉向空中。在他們背後，加利菲雅女王的肖像正在落日當中發出閃閃動人的金色光芒。

鯊魚島

作者｜波里斯・菲佛（Boris Pfeiffer）
繪者｜阿力
譯者｜洪清怡

責任編輯｜呂育修
封面設計｜陳宛昀
行銷企劃｜吳函臻

發行人｜殷允芃
創辦人兼執行長｜何琦瑜
副總經理｜林彥傑
總監｜林欣靜
版權專員｜何晨瑋、黃微真

出版者｜親子天下股份有限公司
地址｜台北市104建國北路一段96號4樓
電話｜（02）2509-2800　傳真｜（02）2509-2462
網址｜www.parenting.com.tw
讀者服務專線｜（02）2662-0332　週一～週五：09:00~17:30
傳真｜（02）2662-6048　客服信箱｜bill@cw.com.tw
法律顧問｜台英國際商務法律事務所・羅明通律師
製版印刷｜中原造像股份有限公司
總經銷｜大和圖書有限公司　電話：（02）8990-2588

出版日期｜2021年2月第二版第一次印行

定價｜300元
書號｜BKKC0039P
ISBN｜978-957-503-736-9（平裝）

訂購服務
親子天下Shopping｜shopping.parenting.com.tw
海外・大量訂購｜parenting@cw.com.tw
書香花園｜台北市建國北路二段6巷11號　電話（02）2506-1635
劃撥帳號｜50331356　親子天下股份有限公司

立即購買 >

國家圖書館出版品預行編目資料

鯊魚島 / 波里斯.菲佛文；阿力圖；洪清怡譯.
-- 第二版. -- 臺北市：親子天下股份有限公司, 2021.02
面；公分. --（3個問號偵探團；4）
注音版
譯自：Die drei??? : Kids Insel der Haie
ISBN 978-957-503-736-9(平裝)
875.596　109021125

© 2009
Franckh-Kosmos Verlags-GmbH & Co. KG, Stuttgart, Germany
Original title: Die drei ??? Kids Insel der Haie
Author: Boris Pfeiffer
"Die drei ??? Kids" is a registered trademark of Franckh-Kosmos Verlags-GmbH & Co. KG, Stuttgart, Germany
Traditional Chinese translation copyright © 2013 by CommonWealth Magazine Co., Ltd.